谨以此书献给

在抗击新冠肺炎疫情中

同呼吸共命运的

我

们

特殊的年
青春的信

贺迅　曾欢欢　主编

Special Year
Letter of Youth

湖南大学出版社
·长沙·

图书在版编目（CIP）数据

特殊的年 青春的信 / 贺迅，曾欢欢主编.—长沙：湖南大学出版社，2020.4

ISBN 978-7-5667-1504-3

Ⅰ.①特… Ⅱ.①贺… ②曾… Ⅲ.①书信集–中国–当代 Ⅳ.①I267.5

中国版本图书馆CIP数据核字（2020）第054212号

特殊的年 青春的信
TESHU DE NIAN QINGCHUN DE XIN

主　　编：贺　迅　曾欢欢
策划编辑：陈建华　郭　蔚
责任编辑：刘　旺
印　　装：湖南省众鑫印务有限公司
开　　本：710 mm×1000 mm 1/16　　印张：16.25　　字数：204千
版　　次：2020年4月第1版　　印次：2020年4月第1次印刷
书　　号：ISBN 978-7-5667-1504-3
定　　价：46.00 元

出 版 人：李文邦
出版发行：湖南大学出版社
社　　址：湖南·长沙·岳麓山　　邮编：410082
电　　话：0731-88821691（发行部）88821251（编辑室）88821006（出版部）
传　　真：0731-88649312（发行部）88822264（总编室）
网　　址：http://www.hnupress.com
电子邮箱：56181521@qq.com

序

习近平总书记指出，"当前中国处于近代以来最好的发展时期，世界处于百年未有之大变局，两者同步交织、相互激荡"。建设中国特色社会主义伟大事业、实现中华民族伟大复兴，需要一代又一代忠于党、忠于祖国、忠于人民的热血青年去不断奋斗。我们的大学生在重大的历史事件面前如何不畏艰险、舍生忘死，在严峻的挑战面前如何冲锋在前、经受考验，在深沉的磨难面前如何不惧风雨、成长成熟，如何更深刻地理解大爱、责任与担当的丰富内涵，是摆在高校教育工作者面前的重大课题。2020年注定是极不平凡的一年，突如其来的疫情对中国、对每一位中国人都是一次严峻的挑战，都是一场艰巨的考验。在这样的挑战和考验面前，没有人能够置身事外，每一个人都应该尽一份力量。

高等学校肩负着为党育人、为国育才的历史使命。湖南大学作为千年学府、百年名校，从古代书院到现代大学，始终以人才培养为中心，注重塑造和培养师生心忧天下、敢为人先和勇于担当的精神，千余年来弦歌不断，英才辈出。这里不仅有左宗棠等一批"中兴将相"抗击英俄侵略、收复失地；有蔡和森、唐才常、邓中夏等一批革命志士救祖国于危难之中；也有慈云桂、李薰等一代代科学家于和平年代的重大科技领域中不断取得突破……他们秉承"实事求是、敢为人先"校训，锐意创新，经世致用，始终将个人命运与国家和民族的命运紧密相连，"为人民谋幸福、为民族谋复兴"的初心和使命亦始终贯穿于学校育人的实践中。新时代为党育人、为国育才，不仅需要有高水平的师资队伍和较好的办学条件，还需要我们的思想政治工作者勇挑重担并创造性地开展工作。这些年，湖南大学工商管理学院在工作中坚持育人为本，主动适应新形势，将大学生思想政治教育与校园文化建设紧密结合，与大学生学习生活的实际紧密结合，与社会历史事件和挑战紧密结合，为大学生的全面发展营造了良好的环境和氛围。在这次全国抗疫的特殊时期里，工商管理学院以撰写传统家书的形式，精心组织了"工管家书"征集活动，充分调动大学生的参与热情，全面激发大学生的家国情怀，这是工商管理学院强化人才培养的积极探索。

　　《特殊的年　青春的信》是这次家书征集活动优秀作品的结集出版物，其中记载了在中国全面抗击疫情的宏大社会背景中，大学生获得的深刻人生体验和价值思考，是工商管理学院学子自我心路历程的再现。其中有对亲情友情的感恩，有对生活生命的思考，有对成长成才的探索，有对责任担当的领悟。本书中，尽管有的文笔略显稚嫩，有的思想略显偏颇，但字字情真意切、形式生动活泼，具有很强的时代气息。从中我们可以欣赏到他们心旌摇曳的心路历程，可以品尝到他们奋斗中的酸甜苦辣，可以感受到他们强烈的使命担当，可以体会到他们酣畅淋漓的活力，诚挚、率真的话语，也让我们看到了青春该有的样子。我相信大学生一定能从这本书中得到启发，有所受益。

青年兴则国家兴，青年强则国家强。生活是最好的老师，困境是最好的课堂。艰难孕育成长，这次疫情让我们经历了痛苦与希望，见证了国士与脊梁，懂得了自强与担当。希望通过这次疫情，我们的大学生能在疫情防控的人民战争中有更多的思考与成长，有更多的勇气与担当。在党和人民需要时勇挑重担，在艰苦磨砺中绽放青春，把自己塑造成政治坚定、理想远大、德才兼备、身心俱健的社会主义建设者和接班人，为中华民族的伟大复兴贡献自己的力量。

是为序。

湖南大学党委副书记、纪委书记

曹升元

2020 年 3 月

目 录

Chapter

01

第 一 篇

你守护国家　我守护你

1

2

Chapter

02

第二篇

少年何畏求学路　青春蜕变正当时

💜 💜

Chapter

03

第 三 篇

爱这场青春 爱我的祖国

身为你的妻子、

共产党员，

我支持着你的工作，

爱岗敬业，照顾家庭。

作为一名党员干部，

一名军人，

你践行着对党的忠诚，

保家卫国。

第一篇 **Chapter**

你守护国家
我守护你

01

你守护国家
我守护你

2018 级工商管理专业
硕士研究生 吕 品

亲爱的老公：

　　展信如晤。

　　今天，距离我们举行婚礼的日子才刚刚过去一个多月。婚礼结束后第三天，你突然接到归队命令，神色紧张地说："武汉发生了新冠肺炎疫情，我得赶紧回去，负责组织营区的安全防护。" 还没来得及好好跟家人告别，你就匆匆收拾行装踏上回部队的列车。身为管理科参谋的你，职责就是保障旅部所有官兵的地面安全。在这个时候，作为军属的我有义务支持你返岗，尽管内心有万般的不舍，却只能远远地望着那列开往武汉的列车。

　　2020 年 1 月 23 日凌晨 1 点，你微信留言说："刚接到上级文件，疫情严峻，武汉封城了，营区禁止进出，你可能没办法来武汉一起过年了，对不起，宝贝。"看到这里，我的心顿了一下，脑海中不停地循环播放着在新闻上看到的关于武汉抗疫的施救场景。一瞬间我不知所措，紧张、焦虑、不安、担心交织在一起，眼泪不受控地涌出。我虽然早就知道嫁给军人意味着付出，意味着聚少离多，意味着国家的利益大于一切，但是，没想到一切来得这样快，这样突然。尽管知道武汉此时的困境，但我还是如此想来陪你过年，因为不知何时才能相聚……

大年三十，也是你三十岁的生日。我和父母围着桌子吃着年夜饭，因少了你，这顿年夜饭显得有些冷清。我拨通了你的视频电话，你却还在办公室加着班，抄着数据，赶写材料。看着你揉着眼睛、敲着键盘的忙碌样子，我是既敬佩又心疼。正月初一，一大早打来电话给爸妈拜年的你连声对我说："老婆，对不起，最近这段时间实在是太忙了，每天要去基层连队量体温，要了解所有战士的身体状况，随时向上级汇报，这是一场没有硝烟的战斗！哎呀！我头都忙晕了。"说完你不好意思地嘿嘿傻笑着，眼神里充满了歉意。

"你负责守护国家，我负责守护你！"这是婚礼上我对你的誓言。家风是家庭的精神内核，也是社会的价值缩影。身为你的妻子、共产党员，我的职责就是永远支持你的工作，爱岗敬业，照顾家庭。这不正是我们作为新时代青年人该有的家风吗？作为一名党员干部，一名军人，在特殊时期毅然坚守一线，你践行着对党忠诚、保家卫国的誓言。

如今，举国上下都在抗击疫情，你和你的战友们在疫情防控一线尽心尽力地工作，配合运送医疗和生活物资，集结解放军医疗队接管一线医院。全国人民也万众一心，众志成城。不聚会、不聚餐、不串门，捐款、捐医疗物资……每一个中国人都在贡献自己的一份力量。

有国才有家，只有国家富强和谐，才有家庭幸福稳定。在这里，我向战斗在一线的你和你的战友们，及全体医护人员致敬！我深信，我们国家一定能够打赢这场疫情防控阻击战！武汉加油！中国加油！

你守护国家，我守护你。我等着你凯旋！

永远爱你的老婆：吕品

2020 年 2 月 2 日（20 点 20 分）于湖南张家界

父亲 您辛苦了

2019 级会计学专业本科生

1906 班　叶竞英

亲爱的爸爸：

　　见字如面。

　　这个春节，有点特别，整个城市好像按下了暂停键，没有了往日的繁华，不吵、不闹、不堵车，显得格外地寂静冷清。有人说如果可以，我希望 2020 年重启。是啊，2020 年的开年异常艰难。新冠肺炎疫情暴发，武汉、黄冈等地确诊病例数量迅速上升，再加之封城、交通管制等，整个湖北都陷入了不安。

　　这，是一场没有硝烟的战役，而您正是在这场战役里无数负重前行的英雄之一。您有一个美丽的名字——白衣天使。您坚守岗位，因为这场灾难的来临，没日没夜地在前线与病毒搏斗，从死神手上抢人的白衣天使。当您走上抗疫一线时，我就知道这个春节，爸爸，你不再只属于我们一家人。是你们这群白衣天使，以普通人的平凡书写了不平凡的人生。

　　腊月二十九的夜晚，您突然接到通知：撤销现有呼吸内科，一天内组建起新隔离病区。那一刻，节日的喜悦气氛顿时化为不安与担忧。对于您的决定，我和妈妈是支持的，但我们又难免失落、矛盾。一年里只有短暂的相聚时间，您却因为疫情凶猛而不得不奔赴战场。您义无反顾地去了前线，凭借着多年来在"非典""甲流"

等重大公共卫生突发事件防控中积累的经验，24 小时督守现场，协调设备，指挥病区布局，组建医护救治队伍，组织人员培训。当您大年初一推开家门时，我凝视着您疲惫的脸庞，上面印满了长时间戴口罩勒出的一道道深痕，您的双手被消毒液浸泡得发白、起皮。爸爸，儿子知道您一直是个好面子的人，每次去理发店总喜欢将白发染黑。看着您每天早出晚归，染黑的头发渐渐褪白，我心里百味杂陈，千言万语化作一句：爸，您辛苦了！

您早出晚归、救死扶伤，回到家里却总是一个人吃饭，不与我们过多接触。我知道，您在保护我们。但我也担心您的安全，担心您不慎会被传染，却不知能做些什么来表达对您的关心，只能每天无助地刷着手机，关注着新闻中报道的疫情。看着新闻报道中一天天上升的确诊人数数据，我心里的恐惧又加重了几分，却只能在心里默默祈祷您能安然无恙。每天每天，都安然无恙。每当看到新闻媒体报道的一线医护人员工作情况时，就想到您和您的战友工作的场景，我心疼万分。我知道，每个医护人员都是个平凡的人，面对病毒，你们也会害怕。但您对我说："健康所系，性命相托！职责所在，义不容辞！"守土有责、守土负责、守土尽责！全中国无数的医护人员众志成城，在疫情面前毫无畏惧，逆行而上，坚守到底，如此一定能打赢这场防控阻击战。

"病树前头万木春"，黑暗过去便是光明。一方有难，八方支援，346 支医疗大军齐战湖北，全国人民心系一处，相信这场战"疫"很快就会传来捷报。没有一个冬天不可逾越，没有一个春天不会来临。爸爸，此刻的我与千万家儿女同心，希望您在战场上时刻保护好自己，儿子因为有您这样的父亲感到骄傲、自豪！

敬请履安。

您的儿子：叶竞英

2020 年 2 月 17 日（22 点）于湖北黄冈

陌上花将开
归期会有时

2016 级电子商务专业本科生
1601 班　徐荣欣

亲爱的爷爷及千万抗疫工作者：

　　你们好！

　　疫情暴发得那么突兀和迅速，以至沉浸在假期欢愉中的我，猛地发现除能宅家外已寸步不能行，心中有点惶惶不知所措。我相信全国大多数人，一开始都被铺天盖地的新闻和急速攀升的数字搅得心神不宁。每日，望向窗外高照的艳阳，再回头看显得阴暗、寒冷和窄小的屋子，莫名有一种错乱感。

　　每年的正月十五、十六，新密都会在东边的闹市区，隔断车流，腾出一条大街举办元宵盛会。全市人民不管男女老少都会上街庆祝元宵佳节。有自编自演的民俗文艺表演，有东大街街头的各种美食小吃及百货。这边舞狮狮头翻滚，在场观众无不拍手叫好；那边手艺人手搓元宵，行人驻足饶有兴趣地观看，并啧啧称道。整条大街锣鼓喧天，彩旗招展，玩的看的一应俱全，好一个热闹。对新密人来说，就是"悠六儿"。然而今年的元宵佳节，我没有去参加元宵盛会，而是戴着口罩步履匆匆去买口罩。街上没有了往年的熙熙攘攘，取而代之的是各个社区门前拉上横幅，筑起活动板墙，设立检测点。不见行人，不见来往车辆。

　　回到小区，经过检测点，我看到了爷爷您的脸庞。您迎过来，先是一丝不苟地询问我去干什么，告诫我要登记、消毒。此时的您，是一个严肃认真的一线防疫工作人员。工作过后，您才亲切地拉着我的手，问我冷不冷，饿不饿，把我拉到检测点的帐篷里，让我烤一烤电暖气，给我泡了一包热腾腾的泡面。泡面的热气扑在脸上，电暖器的热浪一股股向我涌来，我看着您眼角的皱纹，心想，口罩后的您一定也在笑。瞬间，一种温暖驱散了冬日的严寒。

　　回到家之后，妈妈已经做好了一大桌菜，饭香一阵阵飘过来，我胃口大开。脱下口罩我迫不及待地坐到饭桌前，一家人吃着饭，看着电视机播放的元宵晚会。今年的元宵节晚会和往年一样的精彩，不同的是，现场没有了观众。但这并不影响观赏的体验，我们还是被小品逗得开怀大笑，还是被优美的歌声深深打动。元宵佳节并没有离我们远去，而是换了一种方式，一家人依旧其乐融融。这就是家，给我以特别安全感的家。

　　和朋友视频，那边的她甜美的面庞上挂着微笑，漾着兴奋的红晕。然后像小孩子一样告诉我，她爸妈也做了许多好吃的，还一道

一种温暖感驱散了冬日的严寒.

菜一道菜地讲给我听。我笑着应和着，但还是有种难以言说的不能相见的沮丧。她收起孩子气认真地对我说："至少我们还能视频电话不是么？你是我疫情结束最想见的人。"我释怀了，一种幸福感油然而生。

我知道，待在家里不能出去并不是一种禁锢，而是一种责任与担当，是为了自己和别人安全的最勇敢的行为。我知道，各个社区门前立起的活动板墙，隔绝的不是人与人，而是人和病毒。检测点之外，病毒尚可肆虐，检测点之内，病毒无法嚣张；拉起的横幅，守护的是社区里千家百户的幸福安康。我知道，抗疫工作复杂严峻，无论是一线的社区志愿者，还是一线的医疗工作者，或是后方的物资供应者，都是这场没有硝烟的全民战争中的前锋和守卫，是你们的付出筑起一条条防护线，使得病毒难以前行。

我想对爷爷说：您辛苦了！谢谢您！我想对千千万万抗疫工作者说：你们辛苦了！谢谢你们！

您的孙子：徐荣欣

2020 年 2 月 24 日于河南新密

抗疫一线的爸爸妈妈
请平安归来

2019 级会计学专业本科生

1902 班　张兆恒

亲爱的爸爸妈妈：

　　这个春节，对于我们一家来说，注定是个不平凡的春节。一场来势汹汹的疫情席卷全国，一场艰巨的防疫阻击战已打响。起初，我还天真地觉得这次疫情离我很遥远，直到你们接连收到奔赴抗疫第一线的通知时，我才真实地感受到疫情的严重，我才开始变得无比关注这场关乎整个中国的抗疫之战，也开始理解在疫情阻击战中每一个"逆行者"的坚守。

　　抗疫行动已经开展了半月有余，这些天，每天天未亮，我就能听到防盗门打开又关上的声音，我知道是妈妈您已在前往社区进行疫情摸排的路上了。北方冬天的早晨，格外清冷，但您离开家的背影却是那样地坚毅。作为一名普通的社区工作人员，您每天在零下十几摄氏度的室外连续工作六个小时以上，走访、摸排、沟通、询问，不敢有丝毫的松懈。等到晚上八九点钟，您才拖着疲惫的身体回到家。而爸爸呢，我已经记不得到底有多少天没有看到您了。作为一名基层公安刑警，您已经在自己的辖区超负荷工作了几周没曾回家。除了平日的案件，这次迅猛的疫情给您的肩上又多压了一份重担。2003 年"非典"肆虐的时候，您也是这样奋战在抗击疫情的前线，多少年后，您的背影依旧伟岸坚定！

妈妈，您以前无论多忙，都会为我准备好一日三餐，记忆里似乎还从未因这般忙碌而有所忽略。爸爸，典型中国式父子关系的我们很少沟通，但最近您总利用工作间隙，打来视频电话，关心我在家的情况。虽然每次依旧只言片语，但是我感受到了您的关心与牵挂。视频电话里，即使您戴着口罩也掩饰不住脸上的疲惫，但您眼里的光亮让我对国家打赢这场疫情阻击战充满了信心。

以前的我，总感觉英雄是一个很陌生的字眼。直到最近我才发觉，爸爸妈妈你们就是我心中的英雄啊。爸爸你曾经侦破了无数大大小小的案件，上过电视，接受过采访，我还因为在电视上看到您和同事一起接受采访而备感骄傲。因为爸爸经常不在家，妈妈您无怨无悔地担起了家庭的重任。你们用这般的相互支持和理解，共同谱写了我们家庭幸福又和谐的篇章。而现在，你们更是义无反顾地投入到抗疫之战中，其实，我也曾自私地希望你们能待在家里，我们可以享受一家人团聚的美好时光。但是当我看到抗疫战线上无数默默工作的身影时，看到无数的医务工作者字字铿锵地写下驰援湖北的请战书，而他们的家人却偷偷抹去眼角的泪水，只道一声"平安归来"时，我才深深明白那句"哪有什么岁月静好，不过是有人替你负重前行"的含义。他们中的每一个人，哪一个不是谁家儿女，谁家父母？"逆行者"之所以美，恰是美在责任和担当。正是无数人，无数个家庭，勇敢地担当起了责任，不畏惧，不退缩，众志成城，才能最终战胜这场疫情。

"在我心中，曾经有一个梦，要用歌声让你忘了所有的痛。灿烂星空，谁是真的英雄，平凡的人们给我最多感动。"我想用这首《真心英雄》致敬每一位平凡的无名英雄。义无反顾，冲锋在前，凡人亦是英雄。正因为有了千千万万个像你们这样平凡人的坚守，

　　把初心写在行动上，把使命落在岗位上，让一幕幕有爱的画面抚慰焦躁的心田，让日常温暖变成家国情怀，把一份份振奋人心的力量传递给他人，才能最终铸成我们民族不倒的抗疫长城。

　　爸爸妈妈，这段时间我会在家中好好照顾自己，认真学习，增强本领，如果需要，我也会像你们一样，投入到这场抗疫战中。但是也请你们一定要健康平安地归来。"此时已莺飞草长，爱的人正在路上。我知他风雨兼程，途经日暮不赏。穿越人海，只为与你相拥。"待到春暖花开日，山河定无恙。届时，再让我们一家团团圆圆，共祝国泰民安！

　　此致

敬礼！

你们的孩子：张兆恒

2020 年 2 月 10 日（10 点）于内蒙古呼和浩特

疫情
牵动着我的心

2019 级工商管理专业

硕士研究生 黄 晗

未来的自己：

　　你好！

　　刚刚本科毕业开始迎接新生活的你一定没有想到，在研究生期间的第一个寒假，灾难来得如此突然——新冠病毒在武汉出现，全国各地均有感染。

　　这一次，你深深感受到了病毒的可怕。当钟南山院士说"新冠病毒处于爬坡期，肯定会人传人"时，你开始去了解病毒，这个带来恐慌和灾祸的东西，原来比人类有着更漫长的历史和更坚韧的生命力。你深切地体会到，在这个地球上，人类从来就不是王者，绝不能自私到为所欲为，否则会遭到大自然报复和惩罚。要想不再发生此类祸端，人类就必须从这次疫情中好好反思。自此，希望未来的你也同样习惯自省，学会永远保持一颗敬畏之心。

　　这一次，你看见了疫情背后的人间百态。在这个世界中，有光明也有黑暗，有清流也有浊水。全民抗疫之时，许多人付出了自己的生命，然而有一些人却在做着损人利己、害人害己的事情，人性的美与丑暴露于世人面前。希望未来的你面对恶意，仍能坚守内心的善良与正义，保持同理心，多一些思辨，不惧发声。

这一次，你对白衣天使们心怀崇敬。疫情当前毫无退缩，他们说"我没孩子，我上"；为了减少感染的概率，他们把自己的头发剃光，奔赴一线；支援武汉之时，远方的妈妈去世了，她泪流满面地朝着母亲的方向三鞠躬后，继续坚守岗位……希望未来的你也能够在自己的岗位上发光发热，不忘初心。

这一次，那些普通人的微光，同样令人敬佩。"哪有什么岁月静好，只不过有人替我们负重前行"，比疫苗更珍贵的是人心；把这场灾祸变成了真情与力量的，是冲在抗疫一线保护我们的那些"逆行者"。那些人，是告别亲人报名驰援武汉的救援人员，是穿着防护服和成人尿不湿与病魔抗争的一线医生护士，是把5吨蔬菜免费运到火神山医院工地的退伍军人，是挺身而出为他人服务的各路志愿者，也是封城后唱响国歌互相加油打气的武汉人……希望未来的你能记住，人类之所以伟大，是因为人性本善。

这一次，你认识了84岁的钟南山，认识了一路苦读成为中国工程院院士的李兰娟。这些有知识有胆量的人，平日里不如偶像明星们那样被熟知铭记，但是在困难来临的时刻，在国家危难的时候，他们就像一束光，用知识的力量带领我们走出无望、恐惧、盲目和偏见。你要记得，不管你将来做什么，要想走得远，都必须具有专业素养和职业精神，而这一切都离不开学习。你一路奋斗，或许未来可期，或许未来还是没有像钟南山或李兰娟那般有成就。但这一路的学习和思考、坚韧和执着、自律和成长，一定能造就更好的你。希望未来的你，能在众说纷纭中保持独立思考，能在人心惶惶中保持理性和冷静，能在利益暗涌中保持良知和底线，能在傲慢和偏见中保持敬畏与善良，也能在经历一场又一场意外和灾难后，珍惜日常，不弃希望。

这一次，你还明白了修炼"内功"对于企业的重要性。作为管理者，如果缺乏中长期战略规划，轻视人才培养和提升，忽略组织的社会责任，只着眼于短期利益，那么风雨来临之时，企业一定会摇摇欲坠。作为工商管理学院的学生，希望未来的你学到更多的专业知识，积攒能量，为中国的管理实践做出一点贡献。

因为这次疫情，你看了加缪的《鼠疫》，如书中所说，"即使世界荒芜如瘟疫笼罩下的小城奥兰，只要有一丝温情尚在，绝望就不至于吞噬人心"。焦虑和抱怨对于战胜困难无济于事，我们能做的只有摒弃万难，凝聚力量，去行动，去改变。有几分热，就要发几分光。这些体会，希望未来的你依然铭记。

2020 年，你用双眼见证所发生的一切，你要牢记当下的心愿：期待所有的人尽展笑颜，所有的花争妍绽放，所有的风温柔而至。

敬请福绥康安。

2020 年的你：黄晗

2020 年 3 月 5 日（12 点）于安徽安庆

向最美的英雄致敬

2019 级会计学专业本科生

1904 班　高欣瑶

敬爱的抗疫一线的医护工作者们：

你们好！

首先，我想由衷地对你们说一声"谢谢"。谢谢你们冒着生命危险奋战在抗疫一线。2020 庚子鼠年，在本该举国欢庆的新年里，一场新冠肺炎疫情来势汹汹，席卷全国，你们却能昂首挺胸，迅速迎战，令人敬之赞之。"一个有希望的民族不能没有英雄，一个有前途的国家不能没有先锋。"你们是义无反顾的英雄，是日夜奋战的先锋！

你们是最无私的人——"迎难而上，挺身而出"。你们的请愿，是人民的希望。一句句"我报名"，一个个红手印，是你们无悔的誓言和必胜的决心，彰显着你们的担当与大义。为了抗疫，你们可以辗转 300 千米拼了命也要回到一线；可以刚踏上回家的火车，听到号召，立刻下车返回岗位；可以在除夕之夜，告别家人，从全国各地驰援武汉，助力湖北……"抗击疫情，不胜不归"，你们是最美的逆行者！

为了更好地奋战在一线，你们不惜剪去缕缕青丝，无怨无悔。"疫情不除，头发不留"，你们坚定的决心，带给我们这些普通民众更多的安心和放心。为了提高工作效率，你们可以 8 小时不喝水不上厕所，忍常人难忍之苦。脸被护目镜压伤，被口罩勒伤，甚至过敏红肿，贴上创可贴，你们仍然义无反顾地继续奋战，还笑称这是"天使印记"。当护目镜上白雾笼罩时，当双手被消毒液、洗手液等浸泡侵蚀、伤痕累累时，当防护服包裹的衣背被汗水打湿时，你们也仅仅是一边整理衣物，一边擦干汗水，坚强地说"没事"，转身继续勇敢前行。日夜坚守，超负荷工作，在难得的小憩时间里，你们靠着椅子而睡的样子让无数人心疼不已。虽然看不清你们的容貌，但我知道防护服中的你们一定是这世界上最美丽的人，最值得信任的人。

你们是最温暖的人——不计报酬，不论生死，忠诚职守。为了帮助患者早日康复，你们可以穿着厚重的防护装备，带领患者跳起广场舞，打起太极拳。为了减少患者的焦虑与恐惧，你们可以于半夜牺牲自己的休息，时间耐心地安抚和疏导患者，带给他们寒冬的温暖，托起他们的信心和希望。你们总是细心地照顾患者，关心患者，为他们来回奔波，为他们解决生活上的困难，驱除心理上的阴霾，展现出最温暖的人性。

"沧海横流，方显英雄本色。"在突如其来的疫情下，你们与时间赛跑，做最美的逆行者。脱掉防护服，你们也是父母，也是儿女，也是丈夫或者妻子，也有自己牵挂的人和放心不下的人。但是疫情面前，你们毅然地舍小我，为大家，用自己的专业减轻病人的痛苦，用自己的信心和负责坚决打赢这场抗疫阻击战。责任坚守，使命担当，你们是当之无愧的英雄！

作为一名大学生，我也一直听从专家的建议，待在家中，不曾出门。在家的我依旧深深地被你们感动，相信全国人民团结一心，众志成城，一定"没有克服不了的困难，没有战胜不了的病毒"。

最后，请允许我向你们表达我崇高的敬意，祝愿你们早日战胜病毒，早日与家人团聚，也希望你们在抗疫一线多多注意休息，保重身体，谢谢你们！

高欣瑶

2020 年 2 月 26 日于安徽宿州

致敬一线
静等春暖花开

2019级工商管理专业

硕士研究生　贾静

身处一线的全体人员：

　　你们好！

　　庚子年春，没有聚会，没有欢笑，华夏大地，安静得像所有人都沉浸在梦乡里。突如其来的一场疫情，打乱了所有人的计划。武汉封城，全国各地采取交通管制，医护人员和人民解放军，除夕夜逆行，奔向一线，奔向需要支援的地方。同为华夏儿女，此情此景，触动人心，在此，我想对身处一线的你们说一句：谢谢。

　　谢谢逆行至一线的医护人员。你们或许是正在全家团圆的年夜饭桌上，或许是正在家人的陪伴中，突然接到一线需要你们支援的命令。你们没有犹豫，决然地奔赴一线。你们中的很多人甚至主动请缨，申请上一线。你们中大多数还只是年轻的爸爸妈妈，上有父母需要陪伴，下有小孩需要照顾。更有甚者只是一名放假回家的医学生，却毅然穿上防护服把初心使命写在抗疫一线。面对疫情，你们心中虽也担忧，但不曾表现出分毫。我们看到的，是主动剪去长发的勇敢，是主动与家人离别的决心，是推迟婚期与爱人共同奔赴一线的大爱，是往返在医院各病房里的疲惫与艰辛。谢谢你们，是你们的坚持和付出为普通民众换来了健康与安心。情人节那天，官方发布了一则名为《当爱情遇上疫情》的视频，其中真实地记录了驰援武汉的医护人员的爱情——你们的爱情，是驰援武汉前一句"回来后，我娶你"的深情款款；是妻子离开前那句"你平安回来，一年的家务我做"的承诺；是进入一线11天后，与男友相见时隔着玻璃的亲吻；是医院走廊里用眼神和声音认出彼此后20秒的相拥。疫情中的你们舍小爱为大爱，留下了一个个"疫"无反顾的爱情故事。每个时代都有英雄，而此时此刻，战斗在一线、救死扶伤、迎难而上的你们，就是我们这个时代最伟大的英雄。亲爱的一线医护人员们，我们隔离病毒但从不隔离爱，愿疫情中的你们平安，愿春暖花开时节，相爱的人都能尽情相拥。

谢谢全体坚守武汉不曾离开的武汉人民。疫情当下，你们冒着被感染的风险，继续留在武汉，留在被交通管制的一线。谢谢你们对全国人民的默默付出，你们主动将自己隔离，避免了病毒的广泛传播，为其他地区能第一时间处理和应对疫情争取了宝贵时间。你们放弃了春节回家与亲人团聚，放弃了外地相对健康与安全的环境，你们坚信党和国家的力量，相信医护人员一定会拼尽全力救治。谢谢你们，谢谢你们的信任和不放弃。从疫情暴发、武汉封城的那一刻起，武汉人民便成了全国人民关注的焦点。因为，你们用壮士断腕的决心坚守武汉，谢谢你们的牺牲，武汉加油！

谢谢在一线岗位上默默付出的你们。谢谢钟南山院士、李兰娟院士及其团队的无私奉献，谢谢建设火神山、雷神山等的建筑工人们的辛苦付出，谢谢在驰援武汉路上夜以继日奔波、运送物资的师傅们，谢谢舍小家为大家坚守在岗位上的警察同志们。谢谢你们"国有战，召必回"的决心，在这一场没有硝烟的战争中，你们奋笔写下"请战书"，争分夺秒为一线运输物资，保障人民正常生活。你们选择了坚守，选择了牺牲自己的时间和精力，拼尽一切和病毒赛

对社会的责任，对国家的忠诚
对人类的朴素情怀：
爱心为本，感念苍生

跑斗争，用行动表达着担当与承诺，为我们换来安心和安全。

大家总是半开玩笑说，"终于到了躺在家里什么也不做就是为国家做贡献的时刻了，好好珍惜吧"。可是当我们舒适地待在家中自我隔离时，是你们不顾危险深入疫区，为我们报道最真实的疫情；是你们为恐慌的我们提供权威知识，让隔离在家的我们得以心安；是你们拼上性命只为确保我们安然无忧。谢谢你们，亲爱的英雄们。我们坚信，这场战"疫"，中国一定能赢。作为普通公民，我会积极响应国家号召，不出门、不聚集，戴口罩、勤洗手，不信谣、不传谣。也请身处一线的你们，一定要保护好自己，亲爱的祖国是你们坚强的后盾；全体中华儿女，与你们同在。

让我们一起努力，携手共进，守望相助，等待美丽的春天如期而至；等待凯旋的你们，平安归来。

谢谢你们！

你们的朋友：贾静

2020 年 3 月 4 日（22 点）于四川南充

天使筑起的不朽长城

2015 级工商管理专业

博士留学生　　阮氏秋香（越南）

每一位奋战在前线的白衣天使：

你们好！

2019 年的年末，我们制订了新的学习计划，我们准备了新的旅行计划，我们怀揣着对新年的向往。然而没有想到，2020 开年如此艰难。疫情来势之凶，传播之烈，扩散之广，中国社会面临的挑战和压力之大，让我们都捏了一把汗。是的，为了防止疫情扩大，让 14 亿人都待在家里不出门，这种事真是史无前例。而在家隔离的这一个多月里，每个人都很担忧、焦虑、感动、期盼……截至 3 月 4 日，累计报告确诊病例 80409 例，累计死亡病例 3012 例。其中湖北累计确诊病例 67466 例，累计死亡病例 2902 例。湖北像个生了病的小孩，悲伤无助。

在这种情况下，中国最精锐的"四大天团"医院——北协和、南湘雅、东齐鲁、西华西，汇集武汉。你们自愿报名赴武汉援助，成为最美的逆行者。大家都知道，这次的任务危险、辛苦、艰巨。如果不是这次战"疫"，我很难知道，那些原来看起来文文弱弱的医生，却能此般侠骨豪情。大家可曾知晓，其实每一句"我报名"背后，都有不寻常的故事。我在越南读到一篇报道，大年三十，女军医彭渝义无反顾地驰援武汉。为了不让家人担心，她谎称自己在

提灯女神的光芒，
照亮一片片心田。

医院值班。等她回家的老公，直到看到别人发的出征照片，才知道她已奔赴一线。老公随即打来电话，和她大吵了一架，责怪她"怎么不说一声？""连去看你一眼的机会都没有，你就走了"。彭渝心情复杂，但也顾不得多想，随即投入紧张的工作。连轴转了几天后，她才看到，冷静下来的老公给她发了这样一条微信："你是我妻，也是战友。使命在先，盼早日凯旋。"看到这些话，她忽然泪目，而我也为之触动。寥寥数语背后，藏着多少深情。曾以为我在古汉语文学中看到的"吾已许国，再难许卿"的故事，只会尘封在历史里，却不料在2020年，满含家国情怀的故事再次上演。

在这个艰难的时刻，这样的故事还有很多。我听一位女医生说起出发时的场景：外面下着大雨，这位医生的妈妈伞都没拿，就跟在车子后面一直狂奔……在那么大的雨中狂奔，我们可以想象，这位妈妈心里有多担心。这位妈妈一心想保护的人，要去保护别人了。可是谁来保护她的女儿呢？而每一位出征的医生背后，都站着一群这样揪心牵挂他们的父母、孩子、爱人吧？还有一位叫汪晓婷的一线抗疫医生，为防止传染给家人，她一直住在宾馆。2020 年 2 月 6 日凌晨 3 点，她要去上班了。天下着雨，老公想开车送她。她怕传染老公，不敢上车。于是老公一路开着车，打开车灯，缓缓跟在她身后，默默护送。这些不寻常的故事，都是作为外人的我无法想象的。我想，谁就该冲锋陷阵，就该英勇无畏，就该抛家舍子，就该无私奉献？你们的这份大义、这份勇敢深深震撼了我。

你们挺身而出的那份勇敢，作为远在越南的我都为之触动。我的第二个家在中国，你们为我的这个家筑起一道坚实防线，让我对返回这个家充满了信心。不仅如此，你们的努力更是为世界人民筑起了一道不朽的长城，让疫情得以有效控制。世界应该感谢中国，感谢每一位白衣天使的付出与牺牲。

我坚信：挺过寒冬，就是春天。春风送暖，欣欣向荣。万物更新，旧疾当愈。今天写一封信感谢你们，愿中国所有的医护人员及你们的家人平安健康，幸福长长久久！爱你们！勇敢的白衣天使，你们是我心中最美的逆行者！

此致！

敬礼！

越南留学生：阮氏秋香

2020 年 3 月 4 日（0 点）于越南河内

勇往直前
星火驰援

2019级会计学专业

硕士研究生　黄　鑫

逆行路上的你们：

　　每一个勇往直前、星火驰援、逆向而行、奔赴武汉的人，你们好！

　　时代变迁，岁月更迭，将心情付诸笔端，让心意跃然纸上，我已许久不曾用这样简单朴素的方式来沟通交流了，心中深感挚诚。2020年的春节，是一个不平凡的春节。你们义无反顾，奔赴一线，你们是与病毒奋战的医务人员，是把好每道关卡、守住每道防线的人民警察，是不顾辛劳、披星戴月前来运输物资的司机师傅，是连日寻访排查的社区工作人员，是夜以继日的火神山医院工程建设者。正是一个又一个平凡而伟大的你，帮助武汉共克时艰，助力中国战"疫"胜利。你们把苦楚劳累留给自己，将幸福安康送给武汉人民。84岁高龄仍旧前往一线的钟南山院士，除夕夜奔赴武汉的军人刘丽，剪掉一头长发的河北护士肖思孟……你们都义无反顾地投身于这场战"疫"中。我们一次又一次被你们的付出感动，也在这些付出中看到了中国人民在大难下的坚毅、顽强、无私与无畏。随着一批批的医疗队伍奔赴武汉，一批批防疫物资输送到位，我们对这场战"疫"的胜利充满信心，对未来满怀希望。谢谢你们！谢谢你们用速度刷新速度，谢谢你们用真心交换真心，谢谢你们用生命守护生命。

在安全的后方，我们隔着一道道屏幕看到你们的付出、辛劳与坚忍，我们看到你们凉了又凉的盒饭，看到你们长时间佩戴口罩脸上留下的深深印痕，看到你们疲惫的身影，看到你们加班加点的劳累，看到你们寻访排查的认真，看到你们关怀备至的叮咛。正是你们的逆行，让人心不致沦为一座孤岛，让武汉不致沦为一座孤城。脸上布满勒痕、写满疲惫，这是医护治愈的力量；脸上布满尘灰、写满劳累，这是工人奉献的力量；脸上布满风霜、写满疲累，这是社区工作人员负责的力量。这些日子以来，你们无数次感动着我们，你们是"最美逆行者"。世界上没有真正的感同身受，我只能试着设身处地地换位思考，感受着你们的不易，也愈发体会到你们的不凡。你们义无反顾地冲向了这个没有硝烟的战场，而你们的身后亦有我们的担心和期待。我们希望在你们的努力下武汉能够重返往日美好，也希望你们在拯救生命、守护人民的同时照顾好自己，我们等你们平安归来！

致敬每一位同时间赛跑、与死神搏斗、奋战在一线的工作人员！谢谢你们无畏的爱与无私的奉献，谢谢你们守护武汉这座城，谢谢你们保卫中国这个家！即使今后我们忙于种种事情，我们也不会忘记曾经度过一段多么有意义的时光，更不会忘记曾经有这样一群人在倾尽全力铸成大爱之墙，将病毒拒之门外。里尔克曾经写过："如果春天要来，大地会使它一点一点地完成。"而如今我们相信，如果武汉的春天来临，是你们使它一点一点地完成。我们一起等春来，再相逢！

祝好！

等待您归来的人：黄鑫

2020 年 2 月 28 日（22 点）于湖南永州

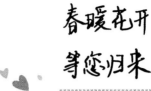

春暖花开
等您归来

2019级会计专业

硕士研究生 蒋松延

敬爱的一线抗疫战士们：

你们好！

在我满怀敬意与感激写着这封信的时候，你们应该正在前线不辞辛劳地奋斗着。每天晚饭过后从电视上看到你们那被口罩勒出印痕的脸颊，匆匆扒几口就被扔在一旁的盒饭，面对记者采访时坚定的眼神，我都不禁会感受到一股暖流注入身体，鼻子酸酸的，心里却充满力量。我猜，你们在请战书上按下手印的那一刻，可能什么也不敢多想，害怕多想一秒自己就会退缩；你们和同事在防护服上互相帮忙写下名字时，心里也许在默默许愿，希望彼此能顺利完成使命，平安归来。电影《流浪地球》中有这样一句话："希望，是我们这个时代像钻石一样珍贵的东西。"正是你们的努力与付出让我们看到了希望，让中国看到了希望，也让世界看到了希望。我想借此机会向你们道声感谢，敬爱的一线抗疫战士们，最美的"逆行者"们，你们辛苦了，谢谢你们！

这个春节和以往不太一样，延迟复工和开学给了我们一个悠长的假期来陪伴家人。可是，你们却奔赴疫情一线，容不得半点犹豫，战斗便已打响。在危机重重中你们仍然沉着应对，这是对意志的极大考验。卸下防护服，换下白大褂，你们也和我们一样，只因选择了不同的人生道路，便成了护在我们身前的天使。你们像守护家人一样守护着我们每一个人，而我们也会好好珍惜这来之不易的安全，保护好自己与家人，尽最大的努力来支持你们。我们只希望战斗早日结束，一切恢复正常，这样你们也能早日享受与家人团聚的幸福时光。

"岁寒，然后知松柏之后凋也"，在疫情面前，我看到了中国特色社会主义制度的优越性，感受到了中国近年来的科技进步和经济腾飞，以及深厚且历久弥新的中华民族精神。中国人民有着"一方有难，八方支援"的团结互助精神，有着"滴水之恩当涌泉相报"的优良传统，有着"赠人玫瑰，手有余香"的无私奉献品德。中国人民勤劳勇敢，亦爱好和平，能吃苦，也自强，在艰难险阻面前，中国人民总是勇敢地迎接挑战！中国人民是英雄的人民，定能耐住困苦，受住折磨，不忘初心，打赢这场疫情阻击战！正如习近平总

加油！我们在一起！

书记强调的一样，"我们要有信心，一定要有信心！"

身为中华民族的一分子，我深感骄傲与自豪，也感受到作为青年一代那沉甸甸的社会责任感。没有人生来勇敢，只因被需要而努力前行。在这次抗击疫情的战斗中，90后已成为主力军，继续接力保卫祖国、保护人民的重任。士不可以不弘毅，任重而道远。我们青年一代肩负着中华民族复兴与传承的重任，我们不应害怕，因为我们是中国青年！

"宝剑锋从磨砺出，梅花香自苦寒来。"我坚信伟大的祖国以及她哺育的伟大人民定能战胜磨难，共渡难关！一线的抗疫战士们，感谢你们为祖国为人民无私的付出，你们辛苦了！请你们在积极救护病人的同时照顾好自己！

生于中国，何其幸哉！武汉加油！中国加油！

此致

敬礼！

等候你们归来的人：蒋松延

2020年2月20日于湖南衡阳

感谢有您
为我们负重前行

2019 级会计学专业本科生

1901 班　张　瑶

亲爱的陌生人：

　　您好！

　　谢谢您让我真正理解了"哪有什么岁月静好，不过是有人替你负重前行"这句话。

　　2020 年 1 月，一种新型冠状病毒来到了人间，疫情在中国大暴发，这注定是不平凡的一个月。我在两岁时经历了"非典"，也许那时情况也很严重，可我什么都不记得了。父母说，那时就有您替我们遮风挡雨，让我们打赢了那场无声的战役。现在，有您在我真的很安心，也很有信心，我们能赢。

　　是您连续工作十几小时不吃饭不喝水，甚至厕所都不去，汗水浸湿了您的防护服，但您仍然奋战在抗疫一线。您就像超人一样，无所不能，安慰患者，和患者一起跳舞，帮患者照顾孩子，甚至还给小患者布置作业。你们有的是夫妻，穿着厚重的防护服也挡不住你们的默契，一句"请问，你是陈炳吗？"感动了多少人。在简单的拥抱，简短的几句问候后，你们就又投入了工作，这一幕红了多少人的眼眶。

　　是您坚持穿梭在空无一人的街道上，曾经的您这么拼是为了自己的家庭，但是现在却是为了一份担当。您不惧感染风险，优先配送医院订单，并为疫情期依赖外卖的市民无怨地提供服务。当您收到客户因同样担忧您的安危而送给您的口罩时，一定很暖心吧。

是您从遥远的异国购买了口罩、防护服等装备寄来祖国。您精心规划，只为不出一点差错，哪怕累到自己生病要去医院治疗，也没有一句怨言。您从各地收集口罩捐给需要的人，偷偷放在医院，偷偷放在警局，您这种有点独特的方式让您成了我心里最可爱的人。

是您坚守在各个关卡，不畏严寒，您认真的模样可真帅真美。您也许是共产党员、共青团员；您来自各行各业，也许是警察、老师；您也许是80后、90后，甚至是00后。但从站上防疫岗位的那一刻起，在我眼里您已然是一位英雄。

……

不管您是谁，在这里，我只想由衷地对您说：谢谢您，最美逆行者！谢谢您，白衣天使、外卖小哥、警察叔叔，以及所有的志愿者朋友们！还有，这段时间辛苦您了……我相信有您在，我们一定可以打赢这场无声的战役，加油！

此致

敬礼！

张瑶

2020 年 2 月 18 日于山西朔州

请缨求战
不畏凛冬寒

2019 级会计学专业本科生

1903 班　陈立恒

母亲：

　　安好！

　　因这疫情忽起，您留宿医院，整日与病人打交道，咱娘俩儿整月未曾相见，为儿甚是担忧，不知您近况如何？听您说，医院家属已尽数撤离。想必他们的家属，当下心境与我无异。但我却无能为力，眼见感染人数一天天上升，也只能默默地在心底为你们祈福。

　　您发来的照片中，医护人员均从头到脚全副武装；一天下来，脱却防护服，只见脸上满是勒痕、汗水。奋战一天，你们早已身心疲惫，却仍向镜头投来笑容。作为白衣天使，你们辛苦至极，却仍微笑如斯，眼含希望，我怎能不为之动容？

　　我从新闻上看到，面对这场没有硝烟的战役，在各级党委和政府的领导和组织下，参加抗疫的解放军战士、医护人员、公务员、企业职工等各类人员团结一致、顽强拼搏。战"疫"中更涌现了大量志愿者，他们或捐物资，或管交通、后勤、采购，无一不是干到实处，做到极致。令人震撼与感动的还有那每日无偿接送医护人员上下班的武汉爱心车队，短短几日便集结了万名志愿者。此大义，此壮举，令人振奋。所以，我心中也渐渐萌生了一个念头，那便是

敬祝母亲无恙，疫情早日结束。

加入他们，为抗击疫情献一份力。

深知病毒之可怖、形势之严峻，我预感家人不会同意我去当志愿者，于是我只能决定偷偷干了。次日清晨，我随社区工作人员前去某一路口，为行人测量体温并登记联系方式等。其间，我们测到一个37.8℃的疑似病例，当即把他送往医院复测，却测得正常温度，原来是我们的测温枪出了点问题，最终虚惊一场。仅仅三个小时，我所戴的手套早已将双手闷得满是汗水，两层口罩更是能挤得出水。上午未完，便已记录满满三页纸，直到下午五点才收工回家。返回社区，交上表格，洗好手，掏出手机，见有几十个家人的未接电话，心想，回家免不了一顿骂。

果不其然，先是父亲，一顿训斥，再是几个姑姑轮番电话告诫，只是他们未能以理服人。我极力反驳，虽被呵斥，但他们说我不过，便只能请您来劝诫我了。您并不是像他们那般极力否定我，而是从专业角度跟我细说病毒如何肆虐，我的防护如何不足，以及如果我不慎染病，对家庭会造成如何的冲击等。现在细细想来，内心还是有点隐隐的忧虑，万一白天那个人真的感染上了，而我又因防护不周染上病毒，这可如何是好？虽然您很担心我，但是最后并没有强迫我，只是让我好好想想……

我权衡利弊，思前想后。我想起您时常跟我提起的家国情怀，现下不正是国家危难之时吗？我们只有舍小家、为大家，才能阻止疫情扩散。我也记起了那句"国家有难，匹夫有责"，已经算得上半个大丈夫的我，面对疫情，焉有坐视不管之理？我又想起《神雕侠侣》中郭靖所言"侠之大者，为国为民"，我虽算不得什么侠客，但也仰慕郭大侠对国家的一片赤诚之心。所以，信已至此，我的心中也早已有了答案。

母亲，我希望加入你们，献出自己的一份绵薄之力，还望母亲答应。

敬祝

母亲无恙，疫情早日结束！

您的儿子：立恒

2020 年 2 月 12 日于湖北武穴

圆梦归来着白衣

1901 班 于秀琳

亲爱的小张：

展信佳。

鼠年的开端似乎有点让人失望。今天是陪我们长大的小城封城的第 13 天。高考填志愿时，果断填满了医学类志愿的你还是如往常一样对我不时地絮叨："若以后我们的国家不幸又遇到这样的灾难，我必奔向战'疫'前线。"

虽已数月未见，但 900 多千米的距离不会让我们之间深厚的友谊疏远。只是我已记不清你把神圣的，让我听后不禁肃然起敬、热泪盈眶的医学生誓词重复了多少遍："……我决心竭尽全力除人类之病痛，助健康之完美，维护医术的圣洁和荣誉，救死扶伤，不辞艰辛，执着追求，为祖国医药卫生事业的发展和人类身心健康奋斗终生。"

我们是从什么时候开始熟识的呢？好像是高一我们坐前后桌的时候。那时起我们一见如故，常常一起讨论理化题。我注意到你学起理化来有一种不同常人的钻研精神，甚至不放过下课时间。我时常想，才高一的你那么努力，到底是什么支持着你？直到有一天我们谈起了理想，你告诉我，你十分敬仰救死扶伤的医生。原来，那一袭带着三分圣洁，三分庄重，三分冷静，一分莫名洒脱的白大褂，是你心中的白月光；为人民祛除病痛，带来健康是你矢志不渝追逐的理想。

后来呢，我们又因为同时填选化学和生物课而有幸高二依旧同班。我选择化学和生物只是因为热爱；而你除了热爱外，更是为了圆你的医生梦。和自己的知己在分班中没有走散，高二高三继续并肩作战，那是何其幸运。看到你为了医生梦而那么努力，看到你在生物、化学竞赛中频频获奖，我也有了动力。尽管高三一路坎坷，你也不曾停下努力追梦的脚步。为了梦想，你那么坚持、那么努力的样子，真的很酷！感谢你一路对我的鼓励，不然，我也不会有踏入千年学府的机会。

高考后免不了分别。就像我们看过的许多励志电影一样，命运不会辜负努力而坚定地追逐梦想的人。如愿以偿，你考上了向往大学的临床医学专业。你留在了浙江，我去了湖南。遥远的距离无法磨灭我们三年的"战友"情。初入湖南大学校门，要应对好多琐事，总觉得不适应。每每感到很累很颓废时，总会想起你写在便条上贴到我桌子上的那句话："'辛'与'幸'只有几笔之差，一步

之遥，所谓'辛苦'，正是通往'幸福'的路途。"身在他乡，我也时常想起你，我与室友的聊天，也经常以"我那个学医的小兄弟啊……"而开启。

你怀着一腔热血，不畏学医的艰辛，脚踏实地，义无反顾地走在通往你救死扶伤、祛病除疾理想的道路上。期中和期末时，我问起你的成绩，你只是很淡然地跟我说"系第一"，不带一分一毫的傲气。新冠肺炎疫情把我们困在家里时，你死磕各国医学类文献；你每天跟实验室老师联络，汇报文献阅读和资料查阅的进程；你在微博上尽自己绵薄之力呼吁大家戴口罩、少外出、勤洗手，呼吁大家致敬疫情中的"逆行者"。我时常觉得不解和惊讶，你只是一名医学院的大一新生啊，却那么努力，那么心系这次疫情！转念一想，也觉得没什么奇怪的，这就是我认识的努力上进的小张嘛！

数月未见，几分想念。转念一想，那又有什么关系，海内存知己，天涯若比邻。小张，我珍藏在记忆里的高中三年奋斗岁月，因你而熠熠生辉。财富不是朋友，朋友才是永远的财富，拥有你这个朋友，我真的很满足。最近，疫情形势已不那么严峻，希望你不要再因为疫情而那么焦虑了。"树叶凋零时，留下的是一个春天的承诺"，我一直相信这句话。谁也无法阻挡草长莺飞春天的到来，新冠肺炎疫情终将被战胜。也让我们一起成长，我等待着你成为浙江，乃至中国医学界的新星。

顺颂时祺。

挚友：于秀琳

2020 年 2 月 18 日于浙江金华

没有一个冬天不会过去
没有一个春天不会到来

2018级工商管理专业

硕士留学生　阮氏菊（越南）

尊敬的医护人员们：

你们好！

3月5日，看天气预报说今天武汉是晴天。屋外春意盎然，遍地开花，但对你们而言这些大概都不重要，可能从死神手中夺回一个个生命，早日战胜灾难才是能让你们洋溢微笑的事情。

这一个多月来，我每天早上醒来第一件事就是打开新闻，看疫情相关报道：各省医护人员驰援湖北；钟南山院士披挂上阵，再战疫情；各地陆续开展有效的防控措施……而自上个星期开始，好消息不断，疫情在中国很多地方都得到了有效的控制，新增确诊病例数（红色线）一直下降，治愈病例数（蓝色线）明显上升。这两条数据线的交错是由很多人的无私奉献和牺牲换来的。你们也是平凡的人，但你们的付出在这个时候却是那么的不平凡。你们也是爸爸妈妈，也是父母的宝贝，是别人的爱人，也想跟家人在一起过一个漫长而温暖、团结而欢乐的春节。但这些小愿望只能先放一放，目前只能等待着这未定归期的旅途。想到此，我们都心疼不已。

在海量的疫情信息当中，有让人感动的，有让人心忧的，也有让人安心的，但最温暖人心的就是你们一线医护人员的付出。原来你们不仅可以拯救一位位病人，还会当理发师给同事剪头发，还会当舞者给病人跳上一段欢乐健康之舞，还会当老师给陌生孩子教授知识……现在我真心地认为，最好看的发型是短发，最漂亮的衣服是天使白衣，最美的脸是一张张戴着口罩、留下痕迹的脸，最让人心疼的手是带着药水味和伤口的手……透过离你们1598公里距离的屏幕，我看到你们的坚韧和坚强，看到你们带着眼泪的笑容，看到从各地出发又不期而遇、同心为中国人民和世界安全奋战的你们的英姿。你们都是我心中的英雄！

虽然武汉被隔离，但爱不会被隔离。虽然我们语言不同、文化不同，但我们一直团结在一起，同心支持和努力！借用《人民日报》上的两句话："没有一个冬天不会过去，没有一个春天不会到来"，我想着在不远的未来我和你们都可以走到户部巷吃热干面，漫步在长江边上看火车驶经长江大桥，在阳光灿烂的午后站在黄鹤楼眺望热闹的武汉城，坐在梧桐和银杏树下享受温暖，站在东湖边感受微风拂过脸颊……这么美的武汉，这么美的中国值得你们去观看、去拥有。希望你们每一个人都可以保护好自己，愿你们渡过难关，愿你们所有人都平安。

最后希望，我们这些还健康的人不要眼见着疫情好转就掉以轻心，也不要以为一线医护人员的付出是理所当然。我们的生命安全应当先由我们自己保护。

加油白衣天使，为你们祈祷！

越南留学生：阮氏菊

2020年3月5日（20点）于越南河内

等待霞光
等待日光

2019 级工商管理专业本科生

1904 班 吴锶熳

敬爱的钟南山院士：

　　您好！

　　新年伊始，本应是举家团圆之际，但新冠病毒悄无声息地潜伏在人们的欢喜中，然后猛地拉开了战"疫"的帷幕，让人猝不及防。

　　曾记否，在英国伦敦留学时，您在思考一个与戒烟相关的项目，想验证导师的公式是否存在漏洞，为了让结果更为准确，您在自己身上做起了人体实验。曾记否，"非典"疫情紧迫之时，您坚持己见，力排众议，郑重严肃地在新闻发布会上直言"病原体是病毒，而疫情仍未得到控制"这一残酷现实，随后埋头研究真正有效的解救方法。而如今，一场新冠肺炎疫情席卷中华。因当年的"非典"记忆，有人传言"这将是第二次'非典'"。恐慌与不安笼罩华夏。您虽已至耄耋之年，却临危受命，挂帅出征。您的实事求是、追求真理，拯救了无数人的生命；您的义无反顾、不求回报，震撼了无数人的心灵；您的日夜奔波、积极动员，更是坚定了无数人抗疫胜利的信心。

　　您虽坦陈疫情之急迫，却在病毒面前毫无畏惧，勇敢奔赴一线。是您，呼吁"没有特殊情况不要去武汉"，自己却在 1 月 18 日傍晚挤上了开往武汉的高铁，临时上车的您被安顿于餐车一角。您以生命做赌注，为我们保驾护航。如您所言，"医院是战场，作为战士，我们不冲上去谁去？"您有着院士的专业，有战士的勇猛，更有国士的担当！

您说："选择医学可能是偶然，但你一旦选择了，就必须用一生的忠诚和热情去对待它。"白衣天使，您当之无愧。在疫情铺天盖地之时，恐慌笼罩华夏之际，您用您的忠诚与热情，像天使一般指引着一众医护工作者，安抚着民众们不安的心绪。同时，您呼吁万众一心、众志成城，动员广大民众积极配合抗疫工作。您"以我所学，尽我全力"，与时间赛跑，同疫情决战。

在这场抗疫战役中，涌现出了一批又一批铁肩担道义的战士。他们有的身披白褂，奋战一线；有的马不停蹄，星夜驰援；有的主动请缨，乐于奉献。四万余名医护工作者逆流而上，请战出征。在众多请战书中，其中一封连用5个感叹号："医者仁心！若有战！召必回！战必胜！定不辱使命！"看到这些最美逆行者，您一定也很欣慰、很感动吧，您不是一个人在战斗，千千万万的华夏儿女都在关注这场战役，有一分热，发一分光。

千言万语唯愿平安，您辛苦了！冬日的黑夜尽管漫长，但终抵不过黎明的曙光。就让我们翘首期盼，等待霞光，等待日出。

此致
敬礼！

抗疫支持者：吴锶熳

2020 年 2 月 20 日（20 时）于广东佛山

疫情下的守望

2019 级会计学专业

硕士研究生　张文琪

曲恩泽：

　　你好！

　　我第一次看到你是在电视新闻中。画面上 10 岁的你戴着口罩和护目镜，全副武装地独自提着一个对于你来说太大的购物篮在超市里摇摇晃晃地挑选食品。然而在大多数家庭中，疫情期间出去采购是由爸爸或者妈妈这样的大人去做的。

　　你的爸爸是一名警察，妈妈是一名护士，为了抗击新冠肺炎疫情，他们早在 2020 年 1 月 26 日便已奔赴工作一线，家里只留下了你一个人。于是，10 岁的你开始成为家中小小的男子汉。你自己上网课、写作业、出去购买生活所需，一天中最开心的事莫过于午饭时分与爸爸妈妈进行视频通话。当记者问起父母把你一人留在家这件事，勇敢的你答道："我并不觉得爸爸妈妈把我留在家里是件讨厌的事，他们的工作是为了人民，我觉得爸爸妈妈是我学习的榜样。"

　　是的，你的爸爸妈妈都是英雄。每当想到自己现在可以平安地待在家中，少有被病毒传染的忧虑，生活起居得到保障，我都会打心底里感谢像你爸爸妈妈一样奋战在一线的工作人员。他们在最艰难的时候挺身而出，用自己的力量守护着全国人民。

　　而除了你的爸爸妈妈，你也是我学习的榜样。你现在应该还是上小学的年纪吧？那时候的我好像连家务都还不太会做；年少贪玩需要大人督促着学习；初中时我还因为晚上一个人在家而感到害怕。而如今面对疫情的肆虐，你独自在家照顾自己的生活，或许一开始也会感觉畏惧和孤单，但你学会了遇到困难不哭不闹、遇到问题不慌不乱。这般年少独立的你令我无比敬佩。

　　最近，湖南的天气越来越好了，气温回升，可以经常看得到太阳，生活也在慢慢恢复往日的热闹与生机，这一切都让人觉得疫情就快要结束。不知道现在你是不是仍然一个人在家，生活学习上是否一切顺利。我刚刚打开微博，发现到目前为止的统计数据显示你所在的河南是疫情第三严重的省份，不禁为你感到担忧。

　　恩泽，希望你好好保重，按时吃饭睡觉，坚持学习，注意用电安全，晚上一个人在家时要记得把门反锁好，出门记得做好防护。除了你之外，我还在网上看到很多和你一样的小朋友，因为父母奔赴一线而独自留在家中。你知道吗？勇敢的你们都是爸爸妈妈坚强的后盾，你们用懂事和坚强守望着战"疫"中的父母，而全国民众也在默默守望着你们。你一定感受到了老师们对你体贴入微的照顾，新闻媒体对你的关注与赞扬，以及网上很多人对你的关心和担忧了吧。

　　相信在全国人民共同的努力下，疫情可以很快结束，和你爸爸妈妈一样的一线工作人员都可以平平安安、健健康康地回到家中和家人团聚。

　　祝

健康快乐成长！

一个比你大 12 岁的姐姐：张文琪

2020 年 2 月 27 日于湖南耒阳

风雨逆行路
因你而温暖

2019 级会计学专业

硕士研究生 徐晶晶

逆行路上每一个不平凡的人：

你们好！

今天是 2020 年 2 月 29 日，距离武汉封城已经过去 38 天，也是我在家自我隔离的第 40 天。

天朗气清，惠风和畅，唯一不足的是我们的活动范围仍然只有客厅和卧室。虽然全国各地已经陆续复工复产，大家也渐渐可以出门散步，但是作为一个湖北籍的疫区大学生，和千千万万个湖北同胞一样，我们仍然在家自我隔离，进行着属于我们的战斗。

然而有那么一群人，在这个格外寒冷的冬天，不惧寒凉，逆风而行，为我们筑起了一道高大的城墙，抵挡漫天风雪。

你们是夜以继日，与死神对弈、与病毒抗争、为生命接力的医护人员。你们以己躯为盾，以毕生所学为矛，战斗在抗疫一线，只为更快还我们一个不为病毒所扰且阳光灿烂的明天。

你们是奔走在抗疫一线的交通执法人，在国、省、县等各个交通道路口，我们都能看到你们明黄的身影。你们的每一次拦截、每一次指引都是在为道路通行者的健康保驾护航。

你们是驻守在各个乡镇的基层干部，每天奔走在乡间小路上，只为能更全面地做好宣传防疫工作，更快地发放防疫物资，更准确地传达疫情发展状况，让每一个偏远乡村的人都能严防死守，抵挡病毒的肆虐。

你们是奔走在社区各角落的社区工作者，你们的身影出现在城市的每一个角落，耐心宣传社区防疫要求，细心检查每一个出入社区居民的健康状况，实时反馈人民生活需求，保障社区人民的生活物资。

你们是主动请缨，不惧风雪，不辞辛苦的防疫志愿者，你们的身份因需百变，化身为防疫宣传者、健康检查者，抑或是防疫物资搬运者。你们用满腔热血，尽己所能为大家筑起一道道防线。

你们是心系疫区捐款捐物的社会爱心人士，一次次的爱心募捐，一箱箱的防疫物资，一车车的瓜果蔬菜，背后都有着你们忙碌的身影。你们用行动向我们诠释着什么叫"万众一心，众志成城"，向我们证明"点点萤火，亦可汇聚人间星河"。

你们都是防疫路上的逆行者，无论是三过家门而不入，还是下班回家的一句"离我远一点"，都给你们的逆行路留下了深深印记，也道尽了无数辛酸。你们也是父母，是伴侣，是子女，是朋友，是芸芸众生中最平凡的人。但是这一次你们更是披荆斩棘的战士，以己身为墙，以血肉之躯帮我们抵挡风雪，你们是逆行路上最美的人。

当往日烟花灿烂的万家团圆夜不再热闹时，当熙熙攘攘的街头不再有行人时，当我们只能踱步于客厅与卧室时，你们正在自己的岗位上战斗着，即使身处凌晨三四点的黑夜，你们仍然期待着黎明破晓，光耀大地。因为你们的坚守，这个冬天不再寒凉，我们的内心不再惊慌。

愿逆行路上每一个不平凡的你都能平平安安，健健康康。愿寒冬早日离去，我们春天再相逢！

谢谢你们！

徐晶晶

2020 年 2 月 29 日（9 点）于湖北随州

抗击疫情
为爱前行

2017级会计学专业本科生
1707班　王思超

各位尊敬的逆行者：

你们好！

千言万语此时只剩下感激的话，因为我不知道该从哪里说起，因为你们在这场没有硝烟的战"疫"里付出了太多，微不足道的一封短信难以述尽。但请允许我用这样的方式向你们致敬！

在疫情初始阶段，我曾一度以为病毒没有那么猖狂，想着应该还不会暴发类似2003年"非典"那么严重的疫情。但是，事态的严重性渐渐显露，从最初2例病例飙升到上千例，专家确认会人传人后，武汉决定封城，全国各地开始禁止聚集性活动，要求人们减少外出。在这关键时刻，是你们挺身而出，选择了背对小家、守护大家的前行方向，逆行奔走在抗疫的战场上。

首先，我想对一线医护工作者们说声：你们辛苦了！连日来新闻报道中的现场照片无一不显示出你们的艰辛。有医护工作者在治疗患者的过程中不慎被病毒感染。然而，你们仍然选择勇敢地站在我们前面，留给我们背影和安心，留给自己危险和辛苦。在各行各业基本处于停工状态的时候，医院和医疗企业没有停歇。即便不是传染病科或呼吸科的医生，也仍然坚守岗位，尽己所能。作为白衣天使，你们的血肉之躯也是和普通人一样，但是面对来势汹汹的疫情，即使身处险境，你们也没有退缩，默默守护着我们每一个人。可敬的医护工作者，是你们披上了对抗病毒的厚重的铠甲，夜以继日地在战"疫"一线救死扶伤。是你们赋予了白衣天使最神圣的灵魂！

除了令人尊敬的医护工作人员，在这场与新冠肺炎疫情搏斗的战役里，还有守在安全线上的千千万万坚守者——你们站在高速公路的交界处，站在空旷的道路上，或者站在村口，看守着自己身后的这一方水土，这对防止疫情的蔓延起到了关键作用。我知道，新闻报道下的寥寥几例不过是你们无私奉献的缩影，但足以证明无数的勇士就在我们身边默默坚守。2020 年 1 月 27 日安徽枞阳县公安局辅警胡锋，因为疫情在出警路上遇车祸不幸殉职，年仅 29 岁。疫情发生以来，他积极投身工作中，坚守岗位，就在出事的当天上午，他还在协助相关部门排除隐患车辆。湖南省卫生计生综合监督局党委书记、局长张辉同志一直坚守在防控一线，先后带队到各大医院发热门诊、车站码头及高速公路的路口、关卡等地督导疫情防控措施的落实情况，因劳累过度，突发急性心肌梗死，抢救无效，于 2020 年 2 月 1 日凌晨不幸逝世，年仅 56 岁。还有太多坚守在生命线、防护线上的人们，对于你们来说，疫情就是命令，防控就是责任，你们用生命践行职业操守，用使命担当为百姓安全和健康保驾护航。

一方有难，八方支援。这句话虽然只有短短 8 个字，却迸发着最温暖、最强大的能量。逆行者里还有远方的身影。除了国内的援助，远在海外的华侨和外国友人也心系中国，牵挂着武汉。不少高校的海外校友会紧急从当地采购、订制医用口罩等医疗物资，以最快的速度将它们送到祖国最需要的地方。一些外国友人也通过捐款、捐物等方式表达自己的一份爱心。与我国一衣带水的日本，街头悬挂着"武汉加油"等字样的条幅。日本女孩身穿中国旗袍，怀抱捐款箱从早到晚向路人深深鞠躬，号召日本民众为武汉抗击新冠肺炎疫情捐款。意大利华人自发制作加油视频……我知道，也许我们一生都不会相见，但是因为这份温暖与爱，我们的心始终相连！

窗外，阳光恣意挥洒，照耀在格外冷清的大地上。如果不是因为坚守在道路上的交警和道路口的执勤志愿者，我甚至以为自己身处一座空城。年前，这里还是车水马龙、人头攒动，人们忙着置办年货或是奔走在归家的途中。现在，我们待在家中尽量不外出，我们选择用这样一种方式，与前线的你们并肩作战，共同对抗新冠病毒，并等着你们平平安安地回来。在这场战役中，没有谁能够独善其身，只有团结一心才能取得最终的胜利。我始终相信，我们一定会胜利，因为有最可敬最可爱的你们！

最后，我只想说：

写至此，心澎湃，只恨自己，不能上阵。

抗疫情，逆行者，最美风华，平安归来。

您的朋友：王思超

2020 年 2 月 20 日（18 点）于安徽淮南

众力并则万钧举

眈发使病魔足

2018级会计学专业本科生

1804班 刘寒妮

尊敬的医护人员:

你们辛苦了!

我是一名正宅在家中上网课的大学生,想借此书信向你们致谢。

疫情发生前,我们沉浸在新年的热闹中——有人在感慨千禧年20年代的不期而至,有人在喜气洋洋地采购年货,有人在好整以暇准备抢票回家……全国上下都在为这个阖家团圆的节日而忙碌着。可是,一场灾难悄无声息地到来了。

武汉,有热腾腾的热干面,有樱花纷飞的大道,有屹立的黄鹤楼……可谁也不曾想过会有一场疫情在此暴发。

一月,客居他乡的人们纷纷回家。他们揣着一年的收获与回忆,满怀期待地踏上归途,可这却让不怀好意的病毒"有机可乘"。伴随着春运的到来,人们携带着"隐形杀手"回了家。不久,疫情便大规模暴发。频繁变化的疑似病例和确诊病例数字,牵动着无数人的心。这一刻,全国人民患难与共,同力协契。每一例死亡,都会让我们黯然;而每一例治愈,又为我们带来希望。

最近,在许多软件上,疫情实况的关注度总是高居榜首,无数人共同关注着这次疫情。所有人都在默默祈祷着,"希望明天会有好消息！""希望苦难早一点结束"。

对于我们学生来说，想为此做一些贡献难免力不从心。而此刻的你们迎难而上，奔赴一线，忘却性命之忧，尽全力去帮助患者。一封封真挚的请战书，一个个鲜红的手印，你们义无反顾，发挥专业优势，积极投入战斗。口罩一戴就是一整天，尽管憋闷难挨，却从来都不辞辛劳；防护服一穿便是数小时，哪怕身体不适也一笑置之……从疫情开始到现在，你们可能没睡过一个安稳觉吧。就算是新婚燕尔，丈夫也决然地投身于紧张的工作；就算是长发及腰，为了工作的方便，妙龄姑娘也毫不犹豫地剪去秀发；就算心中有千万个担心害怕，只要穿上制服，就绽放出让病人最放心与信任的微笑……你们，都是平凡却又伟大的白衣战士！

同时，在这次抗击疫情的战斗中，我更体会到了全国上下齐心协力、同舟共济的精神和力量。北协和，南湘雅，东齐鲁，西华西，全国各地最优秀最顶尖的医疗团队齐聚武汉……耄耋之年的钟南山院士冲在前线，与相关团队共同研究，并及时与民众分享防控之法，他的一言一行，成为无数人的定心丸……外卖小哥、社区干部、人民警察、普通民众……全国人民团结一心。无数远在海外的华侨同胞慷慨解囊，多个国家及国际组织援助物资。全国上下都在争分夺秒，与时间赛跑；每一份力量都在全力以赴，与病魔较量。

默默关注这一切的我，和无数个和我一样的人，既骄傲又感动。正是有了你们的庇护，才换得了我们的安然无恙。正是因为你们的负重前行，我们终将战胜病魔。

我们有信心、有能力、有把握打赢这场没有硝烟的战争。加油武汉！加油中国！

刘寒妮

2020 年 2 月 27 日于四川雅安

风雨同舟

2018 级会计学专业本科生

1802 班　饶思怡

奋战于一线的医务人员：

展信悦！

2020 年本来拥有着美好的寓意，然而突如其来的疫情打碎了本有的美好。起初人们并不在意，以为不过是一次发热、一场流感、一些人的大惊小怪，直到 2020 年 1 月 23 日 10 时，武汉封城，全国各地的医疗队伍援驰武汉……疫情影响到了每一个人。

接到通知的时候你们在做什么呢？或许是在准备春节的年货，或许是在与恋人相约，又或许是在辅导孩子的作业……但是你们义无反顾地去到逆行的航班上，去到人人谈之色变的疫情暴发地——武汉。"九省通衢"，这平时的美誉成了疫情时的负担，这座喧闹的城市被按下暂停键。寂静的城市等候着你们，恐惧的病患等候着你们，无数提心吊胆的家庭等候着你们。恐慌比病毒更快地感染了这座城市，这就像电影大片里的灾难时刻，每一个惊慌的眼神都是那么真实。只是现实生活中没有超级英雄来当救世主，如果说真有英雄，那就是你们。汗流浃背的你们，疲惫不堪的你们，在病房中来回奔走的你们……在你们厚重的防护服下我看到的是有血有肉的英雄。你们没有超能力，但英雄有的时候不需要超能力。

我看到胡明医生在得知友人患病后，连消化悲伤的时间都没有就匆匆投入工作。我看到钟南山院士在视频里建议大家没有特殊情况不要去武汉，自己却义无反顾地乘高铁，坐在列车餐车位上前往武汉。我看到这世界上最美丽的人，你们在缺乏医疗物资的条件下奋战，有时候过分的赞誉之词让你们自己都忘了，你们也只是普通人，也不过是血肉之躯。我看到年轻的小姑娘剃去长发、穿上防护服，我看到经期的女医生奔走于一线，我看到七年的爱情长跑用五分钟的视频许下了一生的誓言。我看到你们卧地而眠，看到你们脸上被护目镜压出的勒痕，看到你们背过身去擦眼泪……你们的信念是那么坚定，你们一往无前，将眼泪藏于人后，将痛苦嚼碎，化成前行的力量。

因为这场灾难，我看到了无数高贵的人，我为无数感人片刻彻夜难眠，我为你们热泪盈眶也为你们心痛。在武汉，你们是患者的定心丸，是阴影笼罩时的灯塔。而对于我来说，你们的身影又何尝不是一种慰藉呢？从你们身上我看到坚定，看到希望。埋头苦干，拼命硬干，你们就是国家的脊梁。

武汉这座城市生病了，所以你们奔赴而去。现在春花烂漫，离你们回家的时间不远了。

饶思怡

2020 年 2 月 25 日于广东深圳

荆楚有感
大爱无疆

2018 级会计学专业本科生

1803 班 张诗雨

一线的白衣战士们：

你们好！

在抗疫的大背景下，新年的钟声响起，愿你们能万分珍重身体，愿你们能早日脱下厚重的防护服，在万象更新的繁荣与希望中，与亲友团聚，做个美梦。

作为一名武汉人，刚从学校返回家乡，家乡便因暴发新冠肺炎疫情被一朝封城，武汉以这样一种形式出现在全国乃至全世界人们的眼中，我心中是很难受的。新闻媒体每日播报的感染人数从一开始的数百，蔓延至上千、上万，冷冰冰的五位数背后是一个个鲜活的生命，疫情牵动着亿万人的心。时间不等人！全国人的目光都投向了你们，你们不但要直面病毒的生命危险，还肩负着全国人民的期望。

主持人江涛曾说我国"唯二"被冠以"德"的职业，一是教师，一是医生。面对如此可怕的、未知的灾难，是你们义无反顾地冲在了第一线，用你们的知识，你们的精力，你们的血汗为全国人民搭建出一处安全的港湾。在抗击疫情条件极其艰苦的前期，你们缺少物资，就苦着自己，一套防护服就那么一直穿着不舍得脱，就为了节省物资、节约时间；你们缺少人手，就把一个人当成几个人用，加班加点，昼夜不分，连续在岗工作几十个小时。各省共派出数万医护工作者奔赴湖北各疫区，其中不乏曾抗击过"非典"，参与过大地震救援的队伍。镜头中我看见有人不顾家人的劝阻和挽留，义无反顾地来到一线进行支援。你们给人鼓舞，予人希望，但对于你们自身而言，过去的经验并不能让你们完全回避风险。你们志愿来到这里，为的是自己的信念，是成为医学生第一天起的誓言，是身为"逆行者"的勇气和担当。

身为武汉人，身为一名大学生，这是我第一次亲历一场大的灾难，我将永远无法忘怀。国家的行动力、民族的团结性、个人的积极支持都在此次战役中举足轻重，成为每一位受灾者回归正常生活的希望。最前线的医护人员们，忍受闷热，忍受身体的疲惫，忍受不知归期的思念，只为筑起人民安全的防护墙。这些，都值得我钦佩、学习。

这是一封家书，我虽与你们并无血缘关系，但我们都是大爱下的一家人。我为你们与骨亲分离而心酸，也为你们每一天的奔走忙碌而感动。我感谢你们，更想感恩于你们！武汉是一座坚强的城市，全国疫情事态正逐步好转，一切都朝着人们期待的方向发展着，消灭疫情指日可待！我不会忘记你们的付出，希望你们能够平安归家。

此致

敬礼！

张诗雨

2020 年 2 月 28 日于湖北武汉

向光而行

2018 级会计学专业本科生

1804班 张 欢

亲爱的平凡的人们：

　　你们好！

　　原谅我只是用"平凡"二字来形容你们，尽管你们做的是多么不凡、多么值得铭记的事情。但从始至终，我都只想说，平凡朴实的你们奋战在抗疫的路上，人性的光点汇成耀眼而温暖人心的光束，让我深深感动。

　　这场没有硝烟的战争在春节这样一个特殊的时段打响，令我们措手不及。没有传统的走亲访友，没有众亲友欢聚一堂的热闹，只有建议宅家、注意手部清洁和戴好口罩的抗疫通知。此时我真切感受到了我们国家制度的优越，能够那么快速团结地应对，这点在之前的几次全国大救援中大家也都能感受得到。

　　中国速度背后，显然是无数人筑起的防护墙。我在想，是什么驱使着我们那么团结？是什么驱使着你们请战前线不计生死？是中国人特有的大义，是中国文化濡养出来的品格担当。你们是站在祖国背后的人，你们用勇气与大爱托起生命之舟。这一次我们没有按照中华传统习俗过新年，但你们的英勇大义又何尝不是在弘扬着我们的中华传统？纵使是病毒，也没能阻挡你们、我们之间不言的默契。

　　你们之中，医护者的艰辛和牺牲，让我们满怀敬意和感动。物资提供与运输者的负重前行让我们心怀感激。我好想把你们都写进来，一一诉说，一一感恩，你们是一个个与疫情抗争的可爱的人，是一个个贡献自己力量的人，你们是时代缩影，如同夜空中闪耀的星，指引民族前进的道路！

这些可爱的人，闪耀的星，又何止直接参与疫情防控工作的人？我们的老师们，在病毒横行之时也不忘诲人不倦，录播网课，以另一种方式承担起教育的责任，开启学生的心智，书写人生的真理，完成教育的使命。

你们的热爱与坚守筑起了保护人民的城墙，没有你们的无私奉献，哪来国家的兴旺与百姓的安稳？希望战役结束的时候，你们的付出得偿所愿，我们迎来曙光。最后我想要郑重地对你们说一声感谢！

感谢向着光且为了我们的光负重前行的人们。你们是最平凡，又最不平凡的最美的人。

此致

敬礼！

张欢

2020 年 2 月 22 日于湖南炎陵

白衣逆行
星河长明

2018 级工商管理专业本科生

1803 班　姚欣蕾

敬爱的医护人员们：

你们好！

2020 年的春节，本应和以往的春节一样，热闹、祥和，本应举国欢庆、阖家团圆。然而，一场突如其来的新冠肺炎疫情打破了这美好的节日气氛。

在新的全国性重大灾难面前，在生与死的较量之中，我们看到身处抗疫前线的你们，身披柔软白袍却犹着坚硬铠甲，精疲力竭仍拼尽全力。你们一步步地走到病患的身边，与病毒作斗争，与死神作抵抗。你们犹如一道道隔离病毒的防护墙，用自己的生命阻挡墙外的病毒，守护着墙内的我们。你们的勇往直前给了患者希望，给了百姓最难能可贵的安全感。

84 岁的钟南山院士，您在疫情到来之时建议大家"没有什么特殊情况不要去武汉"，自己却乘坐高铁前往武汉抗疫第一线。连日地实地考察疫情，研究防控方案，举办发布会安抚民众，连线媒体告知疫情最新情况……已是高龄的您在疫情面前，肩负着全国十四亿人民的重托，如同一面旗帜飘扬在空中，您的存在让所有人心安。有一位老师曾这样概括您：知识渊博，专业过硬；悬壶济世，

每个前线的医护人员们，
都用生命履行自己的医学信仰。

心怀悲悯；勇于担责，敢说真话；义无反顾，不怕牺牲。这短短三十二字道尽了您为国为民的一生。29 岁的武汉大学人民医院病理科医生吴小艳，在医院发布医疗支援的号召后，已经踏上返乡之路的您第一时间逆行返回武汉；90 后抗疫护士单霞，为了避免交叉感染，为了节约穿防护服的时间，您不惜剃光了自己的一头长发，别人安慰您时您却反倒安慰别人："头发没有了可以再长嘛，现在的首要问题是保护好自己的同时，尽力量去救更多的人。"武汉金银潭医院院长张定宇，疫情暴发之时，为了救治更多的病人，您隐瞒了自己身患渐冻症的事实，甚至没有顾上不幸感染新冠病毒的妻子，义无反顾地冲向抗疫战场。如今的您即便是系鞋带都很困难，却仍然步履蹒跚地奋战在一线。"我必须跑得更快，才能从病毒手里，抢回更多的病人"，您坚定的话语饱含着与病毒斗争到底的坚毅与决心。

"哪有什么岁月静好，不过是有人替你负重前行。"疫情到来之时，无数的医护人员投入了这场没有硝烟的战争。可谁曾想到，身为医护人员的你们，有父母，有儿女，有朋友，有喜怒哀乐，你们也只不过是有血有肉的普通人。但是，只要披上白大褂、防护服，你们就成了无畏的战士、百姓的希望。在网上我看到一张张盖满红指印的请战书，也看到一个个脱下防护服汗流浃背的你们。一天工作下来，你们的脸上被口罩和护目镜压出无数道血痕……然而第二天的你们仍打起精神继续投入到这场没有硝烟的战斗之中。甚至除夕之夜，万家团圆，我们的餐桌上有各式各样的菜肴，而你们却只用盒饭、方便面解决了这顿"团圆饭"。你们临危受命，你们不顾自己的安危，你们放弃了与家人团圆的机会。你们是勇士，是默默无闻的英雄。

面对病毒，有人想着逃离，而你们却想着冲到前线。每个时代，都有不同的英雄，此时此刻奋战一线、勇敢逆行的你们，就是这个时代最伟大的英雄。

疫情不退，战士不归。请允许我向白衣战士们表达最真挚的敬意，感谢你们，愿你们平安归来！

姚欣蕾

2020 年 2 月 17 日（10 点）于江苏扬州

2017 级工商管理专业本科生

1704 班　颜麟懿

最美的逆行者英雄们：

你们好！

2020 年伊始，有着"九省通衢"之称的武汉市成为新冠肺炎疫情的暴发中心，病毒迅速席卷了神州大地。而在疫情"风暴之眼"中，你们坚定逆行的身影令我动容。

"为众人抱薪者，不可使其冻毙于风雪。"今日来信，怀着一个青年对你们崇高的敬意，希望我这短短的一封书信能给你们送上些许慰藉，陪伴你们打完这艰难的一战。

塞涅卡大约说过："真正的伟大，即在于拥有脆弱的凡人之躯而具有神性的不可战胜。"疫情如洪水猛兽般袭来，千千万万的医护人员坚守岗位，奋战一线。你们是父母，是丈夫，是妻子，是儿女；你们和我们一样，都是一个个血肉之躯的平凡人。与此同时，你们又是身披白色战袍的伟大战士，怀着一颗颗无私奉献的心，在没有硝烟的战场上救死扶伤。

国土苍茫，四海升平时语笑喧阗的人们，在乌云直压荆楚大地的日子里，也能挺身而出，心系老百姓的安危，神情中没有一丝胆怯。在疫情面前，你们坚守在前线，冲锋向前；在与死神的搏斗中，你们日夜兼程，与时间赛跑，挽救了一个个危在旦夕的生命；在国难当前，你们鞠躬尽瘁，舍生取义，用无言的行动诠释了医者的崇高与伟大。

"不计报酬，无论生死！"在一张张请战书背后，为了阻断疫情的蔓延，一批批医生护士主动请愿，按下一个个红手印。发热门诊、定点医院、专科医院，观察区、隔离区、"红区"……这些让人望而生畏、避而远之的地方，成为广大医务工作者的前线、战场。你们于关键时刻勇于担当，发出"若有战，召必回，战必胜"的铮铮誓言。

"为天地立心，为生民立命。"呼吁大家"无特殊情况不要去武汉"之后，耄耋之年的钟南山院士义无反顾地踏上了驶向疫区的列车。除了钟南山院士，还有对战"疫"有着突出贡献的陈薇院士、李兰娟院士等，你们的名字我们永远铭记在心，你们的行动为"大医精诚，国士无双"做出了最感人至深的诠释！

你们迎难而上的身影，为14亿人民群众的生命健康筑起了层层堡垒，道道防线。"新冠病毒"这个人人闻之胆战的词汇，把平日里喧嚣的城市笼罩在黑暗的恐惧中。而在疫区奔走的你们，以自身的光和热，给我们带来了希望的光芒。你们积攒的光明与力量终将成燎原之势！

凛冽的冬日还未过去，但我们每个人都热血沸腾。因为你们从逆行而上的那一刻起，就为我们传递着一种让我们从灵魂深处感到震撼和温暖的力量。

除了一线的医务人员外，还有一些逆行者，你们是在大街小巷争分夺秒为医生与市民送餐的外卖小哥；你们是不厌其烦地提醒居民们提防疫情，挨家挨户地进行疫情排查的小区里坚守岗位的物业人员；你们是口罩生产线上一刻也不停歇的工人；你们是四处奔波运输各种急需物资的运输员；你们是捐献物资却不留姓名的普通民众；你们是各行各业为了抗击疫情奋不顾身的人……

在这场疫情中，我们不能像你们一样投身在战"疫"的一线，只能响应"不外出，不扎堆，少聚会"的号召，只能在居家隔离关注着你们消息的同时，表达我们的感激和敬佩。

看到近期新闻媒体中报道的新冠肺炎确诊病例与日俱增，看到一名名医务人员累倒甚至牺牲，我的心也被狠狠揪起。谢谢你们，在新年阖家团聚的时刻"舍小家，为大家"奔赴前线；谢谢你们，用生命保护着我们！请仍在奋战的医者们，一定要保护好自己！请你们一定要平安归来！

"为生命开路者，不可使他困顿于荆棘。"祖国将是你们最强大的后盾！企业工厂加班加点连轴转，源源不断的物资支援正在连夜赶来！请你们放心，在中国人民的齐心协力、同舟共济之下，我们一定能够渡过难关！

"没有一个冬天不可逾越，没有一个春天不会来临。"风雨压不垮，苦难中开花，黑夜过后，一定会迎来新的白昼。

见字如晤，祝早日平安归来！

一个挂念着你们的学生：颜麟懿

2020 年 2 月 27 日夜于海南海口

身着白衣
心有锦缎

2017 级电子商务专业本科生

1701 班　伍钰妍

敬爱的在抗疫一线的医护人员：

　　你们好！

　　我是一名来自湖南大学的大学生，此刻正坐在家中，提起笔，给你们写这一封特殊的"家书"。

　　2020 年的春节，因为疫情，每一位中华儿女的心都被牵动着。从 1 月中旬开始，各种疫情的消息铺天盖地地飞来。"武汉""湖北""疫情"……成为全国人民最关心的关键词。无论是各大官方权威正式媒体还是各大自媒体，疫情成了人们最关心的问题。而这突如其来的疫情就像是一面镜子，折射出人性中的真善美和假丑恶，许许多多的人和事时刻冲击着我们的人生观、价值观。而有关医护人员的新闻报道更是牵动着所有国人的心。顺行者值得赞许，而逆行者值得敬佩。作为医护人员，你们不顾一切地前赴后继，主动申请支援湖北，申请战斗在抗疫一线。你们的坚韧、坚强、坚持，让我们体会到了社会中"真善美"的一面，你们值得我们所有人的尊重。

　　我们不会忘记，新闻上新增病例的数字，喻示你们肩上的责任又加重了一分；新闻上新增治愈出院病例的数字，均是你们辛苦抗

疫的成果体现。至 2 月，全国共调派 330 多支医疗队、超过 4 万名医务人员驰援抗疫最前线。截至 2020 年 2 月 17 日，全国已有 3019名医务人员感染了新冠病毒，其中包括 1716 名确诊病例，5 人殉职。每个坚持在抗疫一线的医护人员，都值得我们铭记。一百多年前林则徐说，"苟利国家生死以，岂因祸福避趋之"，我想，这句话放在你们身上，最为恰当。你们是别人的儿子、女儿，是别人的丈夫、妻子，是别人的父亲、母亲——你们仅仅是普通人。但在疫情面前，你们挺身而出，就像那句话说的，"不过是挺身而出的凡人"。

在本次支援湖北的医务人员当中，有很多是 80 后、90 后，同为 90 后，我深深地为你们自豪。无情的疫情中，你们最显真情。是你们让我深刻地体会到，我们 90 后的肩上有家国重任，虽稚气未脱，但仍能扛千斤重担。新闻上不断播放着各行各业的 90 后挑起抗疫重任，前赴后继赶往抗疫一线的消息，你们用实际行动体现了社会担当。在这无情的疫情面前，在这布满荆棘的困难面前，在这突如其来的危机面前，在这没有硝烟的战争面前，在面对生命的挑战和威胁时，你们义无反顾地战斗在一线，用自己的热血与行动守护着人民、守护着国家。虽然我不能像你们一样，直接在一线抗击疫情，但我知道，我该担当的责任一分也不能少，无论是未来在不同的行业中，还是目前的生活中。目前我能做也必须做的，就是保护好自己和家人，爱惜生命，珍惜时间，如同平时上课一样，保证上网课的质量，让在家的每一分每一秒都过得有意义。虽然我不能像往常一样，在校园里上课，但是，只要有愿意学习的心，哪里都是课堂。我更应善用资源，充实自己。

我看见窗外的花儿开了，风儿将花香卷进房间里，笔下的信纸被轻轻卷起后，又落到窗台上。武汉的早樱已经盛开，我们校园里也已经花香遍野，我知道是你们的努力换来了春回大地。林清玄在《苍凉深处等春来》中提到"身着白衣，心有锦缎"，表达"身着白衣，会使自己谨言慎行，反观自己内心，以此不负白衣的纯净"的意思。医护人员又何尝不是如此呢？既穿此褂，则担此责。愿所有坚守在抗疫一线的你们都能平安归来，欣赏这美好的春日景象！

此致

敬礼！

伍钰妍

2020 年 2 月 27 日（15 点）于广东广州

时代剪影

2017 级工商管理专业本科生

1704 班　关思达

致逆行的英雄们：

镜头一：1 月 23 日的汉口站。站内只有跳动着的提示停运的列车班次的红色字符、一遍一遍播报的广播，和零星在站台巡视的执勤人员；站外广播循环播报着最新疫情情况和汉口站停运的通知，广场执勤人员疏导着滞留人群。汉口站贴上封条的那一瞬间，意味着车站的停运，也意味着这抗疫第一枪的打响。而汉口站也成了接收全国各地运送物资和援鄂救援队的第一个中转地。汉口站广场有怀着新年团圆心愿却无法归乡的普通民众，有与家相隔咫尺却不能返家的站内执勤人员。我们虽然隔离了病毒，但是不能隔离了爱。

镜头二：1 月 18 日傍晚由广州开往武汉的动车。动车餐车一角，一位和蔼老人闭眼小憩，桌子上摆满了写满标注的调查文件，他就是我们的英雄——钟南山。当日，钟南山院士从深圳抢救完病例回到广州，下午前往广东省卫生健康委员会开会，发觉疫情的严峻后即刻出发，逆行前往武汉，挤上了傍晚 5 点多开往武汉的高铁。由于春运期间高铁票务紧张，他只被安顿在餐车车厢的一角。傍晚 11 点到达住处，详细听取了武汉的疫情汇报，才结束了这一奔波的一天。

镜头三：一位疾行前往医院的蓝衣"饿了么"小哥。"你送这些东西害怕吗？"记者问。小哥操着略带乡音的普通话回答："怕啊，谁不怕啊。"记者接着问："那你为什么还要接下这些单子。"小哥自豪地说："我们能做的不多，但是抗疫前线的医护人员饭都吃不上了，岂不是寒了他们的心。"除了传递温暖的外卖小哥外，武汉还有很多饭店为前线医务人员提供免费饭菜，让全国不同地区的逆行者都能吃到家乡的味道。

镜头四：医院休息室。一位援鄂医生在给自己的女儿打视频电话，视频那边的小女孩伸出双臂，要妈妈给她一个隔空的拥抱，医生让同事帮忙拿着手机，给女儿回应了一个拥抱。孩子青涩的脸上似乎只有对妈妈的思念，却不知妈妈此时肩膀上所承担的重任；孩子只看到了妈妈的头发剪短了，却不明白妈妈穿上白大褂的责任与担当；孩子只看到了妈妈脸上的勒痕，却不知道妈妈在诊室流下的汗水和泪水。穿上白大褂就要负好自己的责任，这是所有医护人员对病人的宣言。

镜头五：火神山的施工现场。作为基建"狂魔"的中国，要完成十天建成一座医院的壮举。一时间，各种设备、各类工作人员迅速集结，建设者们冒着被感染的风险，出入疫情最严重的地方，除夕夜通宵施工。在发工资时，有的建筑工人说："武汉现在这么难，我们也想做力所能及的事，提供吃喝已经很好了，工钱就不要了。"你们本是靠打工为生的工薪阶层，你们的家庭经济并不宽裕，然而，你们的大爱无疆、不求回报的奉献精神与责任担当值得每一位中国人向你们致敬，你们让我们感动。

疫情之下的感人镜头数之不尽。小伙到派出所留下500个口罩就跑；匿名老人为武汉捐款万元；一辆辆捐赠急需物资的运输车急骋武汉；患者对医护人员深表感谢；英雄机长护送四川医疗队奔赴武汉；农民驾着满载一万斤大葱的冷藏货车千里援鄂；韩红等为武汉筹资奔波，只为扶危济困；交警于高速公安检查站遇陌生人捐赠的一箱口罩，问及姓名时只留下一句"中国人！"……这些镜头在这个略微寒冷的庚子年为我们带来无限温暖。

正因为有你们冲锋一线、坚守岗位、全力以赴，我们才能驱散一切阴霾；正因为有你们为我们筑起了爱的防线，我们才可以一起守护共同的家园。你们穿上战袍，是守护生命的英雄；脱下战袍，也是血肉之躯。你们平凡而伟大，你们可敬而可爱。

让我们致敬勇者，致敬逆行者！

关思达

2020 年 2 月 24 日（16 点）于祖国的最北方

点点萤火
汇成星河

2019 级管理科学与工程专业

硕士研究生　陈　瑾

每一位坚守在抗疫岗位上的战士：

您好！

2020 年伊始，新冠肺炎疫情来势汹汹，狠狠地袭击了湖北，也狠狠地袭击了中国，让全国民众度过了一个与众不同的春节。一批批来自全国各地的医疗队，一个个血肉之躯怀揣着同一颗伟大的心，奔赴武汉，夜以继日地从死神手中拯救生命。在疫情笼罩下的武汉，中国完成了十天建成火神山医院的壮举。纵观火神山医院的整个建筑过程，从设计师到建筑工人，从运输人员到后勤人员，无数奋不顾身的战士夜以继日、不眠不休地奋战在自己的岗位上，同时间赛跑。

面对如何有效阻止疫情扩散的难题，你们的坚守是最有力的回答。各地医护人员集结起来冲锋在前，各地义务志愿者紧随其后，举国上下共同奋战，你们都是这个春节最可敬的战士。你们在春节期间坚守岗位，用自己的行动，换来了多少家庭的团圆和安康；你们以自己的血肉之躯，为病患、为你我筑起了一道坚固的屏障。这个新春因有你们的坚守而更显温馨。

近两个月来，你们身影遍布全国各地，不畏严寒坚守在抗疫战场上，与时间赛跑、与疫情搏击。是你们不辞辛劳，挂标语，送传单，为群众广泛宣传防疫知识；是你们不顾安危，走访入户，全面排查核对各类人员情况，及时上报最精准的信息……

"捐躯赴国难，视死忽如归。"历史上，正是有无数这样的英雄，才成就了如今的中国。正如《人民日报》所赞美的："英雄就是普通人拥有一颗伟大的心。"他们既可以是人民警察，是守护平安的卫士，也可以是跟你我一样的普通人。英雄从来都不是高高在上的神坛人物，英雄就是普通人拥有一颗伟大的心，一颗无私奉献的心。

在这场席卷全国的战"疫"中，你们都是微不足道的小人物，但正是你们这些"小人物"的努力和行动，汇成了大时代的洪流。我看到一批批白衣战士逆行而上，冲在抗疫一线救死扶伤；看到一群群基层工作者不分昼夜地工作，奉献自己的力量；还看到许多同我一样的普通人，虽然不能奋战在前线，却依然以自己的力量抗击疫情，团结互助。面对此次来势汹汹的疫情，小人物的力量凝聚起来，最终汇成这个时代的最强音，最终定能打赢这场没有硝烟的战争。

任何一个时代都需要敢于在危难时刻挺身而出的英雄，每个危急关头，我们的祖国从来不缺逆风而行的英雄。正是他们强烈的责任感和使命感使他们义无反顾地站了出来。身为青年大学生的我们虽不能奋战在抗疫前线，但也要通过此次防控疫情阻击战进一步明确我们该有的使命与担当，争做潜心学习的修习者、科学防治的宣传者以及正能量的传播者。

最后，让我们向疫情前线最美逆行者致敬，向每一位坚守在抗疫岗位上的战士致敬。没有不会过去的冬天，我所期盼的春天即将来临。愿英雄早日凯旋，平安归来！

你们的朋友：陈瑾

2020 年 3 月 5 日（14 点）于湖南益阳

最美逆行者

2019 级会计学专业本科生

1904 班 樊 晶

尊敬的奋战在一线的抗战人员：

你们好！2020 年的春节，与往年有些不同。街道上没有成群结队的人们，剩下的只有空荡荡的街道和孤寂的闭门店铺。而你们——最美的逆行者，在本该是家人团聚的时候，却因为新冠病毒的入侵，不得不披上战袍，离开家人，前往战场。

还记得快要放寒假的时候，我每天都在期待春节的到来，因为春节可以不用干活，可以收到压岁钱。但是，不幸的消息突然传来了，全国突发一种新型病毒，能够人传人，在湖北省尤为严重。刚刚开始，人们都不以为意，但是随着疫情的蔓延，武汉封城了。街上没有人了，商店也逐渐关门了，公交车也没有人乘坐了，过年该有的购买年货和探亲的气氛也没有了，家家户户取消了拜年的活动。

就在这样的情况下，钟南山院士以及他的团队立刻前往武汉进行研究。当所有人都在想办法离开那座城市时，你们选择了逆行的方向，前往那些最需要你们的地方。病毒无情，人间有情。病毒虽然拉开了大家的实际距离，但是拉近了中华民族的心，凝聚了中华民族的力量。

当然，现在的我们可以通过各种各样的渠道了解疫情状况。都说"哪有什么岁月安好，不过是有人替你负重前行"，生活在中国，我们是幸运的！已于耄耋之年却临危受命，仍然奋战在抗疫一线的钟南山院士令人敬佩！身在爱美的年代却剪短青丝，奔赴战场的医护人员令人动容！在我们的眼中，你们的美是因日夜穿着防护服而留下的痕迹，那些痕迹就像是拉开的一张张的网，将人民和病毒分隔开，保护着广大的人民群众，守护着我们的健康和蓝天。

之前在网上还看到一些特别令人感动的真实故事。在儿童病房中，你们考虑到孩子们的心理，担心他们面对着雪白的病房和医护人员冰冷的防护服会害怕，因此根据孩子们喜欢看的动画片在防护服上画上了一些动画人物。在这样的超负荷的工作中你们依旧能够考虑到这些细小的方面，你们就是他们幼小心灵里的白衣天使。

鲁迅先生说过："于浩歌狂热之际中寒，于天上看见深渊，于一切眼中看见无所有，于无所希望中得救。"人生中不如意十有八九，但是不经历风雨哪里能见彩虹呢？"山重水复疑无路，柳暗花明又一村"，信心不垮，希望永在，总会有人带我们走出绝望和困境，迎接新的光芒。在 2020 年初，你们就是那人间的阳光，带给我们希望和光芒。

世界上本没有英雄，都是一些普通人披上战袍，奔向战场，学着幻想中英雄的样子，与黑暗战斗，成为人们心中的英雄。在这个黑暗的 2020 年初，感谢奋战在一线的所有的医护人员，是你们用尽全力拨开云雾，让中国大地乃至世界洒满阳光，谢谢你们！

樊晶

2020 年 2 月 25 日于广东佛山

一方有难，八方支援
涓涓细流，汇成大海

1601 班　吴昊钰

亲爱的爸爸妈妈：

　　2020 年的这个春节，真的没有那么的幸福美好。一场新冠肺炎疫情的来临打乱了所有人的生活节奏。看到新闻上不断攀升的确诊病例数字，无数人的心都为之牵动，疫情来势汹汹，扩散迅速，让人们一时间手足无措。

　　今年春晚，白岩松等六位主持人带来的接龙朗诵《爱是桥梁》或许是准备时间最短的节目。但恰恰是这样的"短"，真真切切地代表了全国人民对疫情防控的关心与打赢这场战"疫"的决心。在这个春节，全国各地的医疗工作者不计报酬、无论生死，义无反顾地请赴一线；成千上万的建设者逆流而上，在数天之内建成抗疫医院，创造建筑奇迹；天南海北的人们抛却新春团圆与欢庆的机会，奉献一己之力共筑"长城万里"。虽然我和你们没有加入疫情防控的一线工作中去，但我们的心始终和所有的一线工作人员在一起。记得央视主持人贺红梅说："对于全国的所有朋友来说，这个年更多的和家人在一起，跟亲情在一起，跟爱在一起。让自己不被感染，就是您对抗击疫情做出的最大贡献。您安全了，14 亿人都安全了，疫情就被击垮了！"是啊，在这场疫情防控的全面战争中，我

九十岁的他希望把呼吸机让给年轻人，
年轻的医生极力劝阻，
这是一位老人的善念与勇敢。

们做好"不出门、戴口罩、勤洗手"，真的就是普通人对疫情防控工作的最大贡献。

　　爸爸妈妈，说心里话，我为你们感到骄傲。在疫情面前，作为父母，你们摒弃浅薄、无知和偏见，不给自己和孩子被伤害的机会，让我学会善良和感恩，责任与担当；作为子女，你们恪守孝道、赡养、保护自己的爸爸妈妈，平复老人情绪；作为党员，你们除了做好工作外还尽自己所能为战"疫"捐款，为困难者献上爱心。爸爸妈妈，我衷心地爱你们、感谢你们、敬佩你们。你们是我永远的学习榜样。

　　另外，也请你们一定照顾好自己，无论是在单位、公共场所还是在家，都要注意保护好自己。只有每个人都保护好自己，使自己不被感染，才能最终打赢这场战役。我也会尽可能多地承担力所能及的家务活，认真做好自己的事情，乖乖保护好自己，请你们放心。

　　我们一家人只是无数个中国家庭的小小缩影，但千千万万个小家凝聚成一个大家，在这样的特殊时期都为疫情防控尽自己的一份绵薄之力。一方有难，八方支援；涓涓细流，汇成大海；全国齐心，共同战"疫"。

　　面对疫情，全国人民众志成城；与病毒拼杀，中华儿女无一置身事外。有人说过，评判一个国家的品格，不仅要看她培养了什么样的人民，还要看她的人民选择向什么样的人致敬，对什么样的人追怀。在这次疫情防控中，我们向广大奋战在一线的医务工作者致敬，向人民解放军指战员、广大公安民警致敬，向疾控工作人员、社区工作人员、广大新闻工作者、广大志愿者致敬，向无私捐助物资的港澳台同胞、海外侨胞致敬！

　　我们相信历史是由人民创造的。灾难面前，无数普通人的善念与勇敢，就是这个国家、这个民族最亮丽的底色。武汉加油！中国加油！

爱你们的女儿：昊钰

2020 年 2 月 25 日于山西太原

十三兄弟齐上阵
妙手回春早凯旋

2018 级工商管理专业

硕士研究生　李亦修

"独特的最美逆行者"江苏医疗队：

你们好！

很荣幸也很冒昧地给你们写这封信。我是江苏省扬州市一名普普通通的市民，虽然我不能够记住你们所有人的姓名，你们也不认识我，但是现在全江苏、全中国乃至全世界都认识了你们，我感到非常自豪。

2020 年春，一场疫情席卷中华大地，全国人民都参与了这场疫情防控阻击战。2 月 7 日，国家卫健委宣布建立全国 16 个省支援湖北除武汉以外地市的对口支援关系，用"一省包一市"的方式，全力支持湖北省加强病人的救治工作。每个省都迅速地作出了响应，大家惊讶地发现江苏医疗队和其他省份医疗队的出征方式不太一样：省内 13 座城市的医疗队各自出征，队伍的旗帜也各不相同，上面没有"江苏省"的统一字样，而是"苏州市""丰县""金坛区"甚至"蔷薇村"……浩浩荡荡地逆行奔赴疫区。这种独特的出征方式使"散装江苏"上了热搜。

所谓散装江苏，实则形散而神不散。分小批次出征的江苏医疗队并不是不团结，而是整个江苏的医疗水平都很高，各个出征小队身怀绝技，都有支援一方的实力。除了医疗支援外，我还看见参与建设火神山和雷神山的江苏企业的部分名录，工程公司、医疗公司、科技公司等一齐上阵、各显神通，展示出了我们"苏大强"的综合实力。毕竟在全国 GDP 百强城市分布中，江苏省 13 个市全部入围了。

江苏医疗队里面的每一个队员都是值得所有人敬佩的。国难当头，医护人员的踊跃报名让无数人为之动容。如南京市第一医院，在组建赴武汉医疗队的消息发出后，不到一个小时，2 名领队和 54 名医护人员的志愿者名单已满额。你们是最优秀的，你们选择学医的时候就已经选择了扛起社会的重任。你们也是一个家庭里的女儿儿子、妻子丈夫、妈妈爸爸，此时此刻不能在家中陪伴亲人，而是逆行奔赴了疫情最严重的地区，小我融入大我，青春献给祖国。我真心向你们致敬。你们安心地在疫区同病毒战斗吧，江苏省永远是你们最坚强的后盾。"散装"江苏，统一于湖北保卫战，统一于伟大的民族精神，统一于中华民族伟大复兴的事业。

像我这样普通的学生、普通的市民，只能待在家中每天关注着这场无声战役的最新消息，担心着你们的安危。你们要知道，对于每一个像我这样的普通公民来说，你们不是亲人却胜似亲人，我们由衷地希望你们能在救助治疗他人的同时保护好自己，我无时无刻不盼望着你们早日一个不少地平安归来！

敬祝

平安凯旋！

李亦修

2020 年 2 月 12 日（18 点）于江苏扬州

时间之书一页页地翻过，

十八年青春之羽

被爱装饰得五彩缤纷。

我深知，

人生之路漫漫；

我坚信，

我将不惧风雨，

完成华丽的蜕变。

第二篇

Chapter

02

少年何晨求学路
青春蜕变正当时

少年何畏丰穹路
青春正当蜕变时

2019 级会计学专业本科生

1903 班　侯玉婷

亲爱的父亲母亲：

见信如晤。

时间如白驹过隙，转眼十八年光阴已悄然从指缝溜走。时光里，我们用心灵的素笔轻描岁月的更替。从小学，到中学，再到大学，信件成为我们交流的主要方式，从稚嫩的语言到成熟的文字，漫漫长路，有信为伴。今天，女儿仍想用写信这种古老却仍具生机的方式向你们表达心声。

记忆中，很多孩子会用撒娇的方式来表达自己对父母的爱与依赖，但我很少向你们撒娇。可这并不代表我比别的孩子少一分对你们的爱。常言每个孩子每一次离开父母，都会有一次成长。2019 年，我第一次离开你们的庇护，只身一人来到外地上大学。迈进大学的校门时，一种难以描述的感觉直击心头，似是兴奋，似是迷茫，又似有几分不舍。离开你们的第一天，我在新室友的热情欢迎下来到了宿舍，和室友开心的交谈使我暂时忘记了离家的感觉。当夜幕降临，周边一片安静时，我在床上翻来覆去，心中似有小虫在抓挠，难以入睡，想着以后就要靠自己一个人了，不知何时泪水竟打湿了枕头，愈发伤心，最后才沉沉睡去。

进入大学后，我体会到这是一种全新的学习与生活模式，也越发感受到人是各种社会关系的总和。妥善处理自己的人际关系，培养自己的人际交往能力是我进入大学生活的首要之事。妈妈您曾告诉我，生气不如争气。您也说过，没有善良就没有伟大。我渐渐懂得很多，找到了与自己心灵相惜的伙伴，迅速地适应了新的环境，变得更加自立自信。我积极参加各种社团活动，组织志愿者活动，和好友一起出游，一起学习，使自己的大学生活变得丰富多彩。十八年来，你们不断地支持我、鼓励我去面对人生路上的风风雨雨并勇敢地战胜它。离开父母的孩子已破茧而出，羽化成蝶。

求学使得我们一家人相处的时间越来越短，因此我格外珍惜与你们在一起的每时每刻。这个寒假回到家中，看到一切都是熟悉的样子，我心里顿时多了一份安定。我们一家人一起吃饭、运动，一起看电视剧，其乐融融，连空气中都洋溢着幸福的味道。记忆中，不管遇到多大的困难，只要我们一家人还在一起，你们就从未有过真正的忧愁和苦恼。

诚然，到了大学，由于路途遥远，我们交流的机会越来越少，但我希望你们仍能够相信女儿。我深知，人生之路漫漫，大学只是人生的开始，未来仍充满着未知数。我不确定自己是否会拥有一个美好的未来，但我仍会不惧风雨、勇往直前。因为我知道，你们会永远站在我身后，做我最坚强的后盾。

时间之书一页页地翻过，十八年青春之羽被爱装饰得五彩缤纷。我坚信，我可以勇敢地直面人生风暴，完成华丽的蜕变。你们也要好好注意身体，健健康康，开开心心地生活。

敬请福安！

爱你们的女儿：侯玉婷

2020 年 2 月 13 日（17 点）于河南武陟县

听

那条静默的河流

2019 级会计专业

硕士研究生　蔡闽湘

亲爱的爸爸妈妈：

你们好！

或许我时常羞于表达，未曾满足你们眼底那隐忍着的未曾显露的期待；或许我过于吝啬微笑，将美好和灿烂全然绽放在家门之外；或许我的成长和懂事姗姗来迟，直至双亲朝华逝去，岁月无情染白双鬓。但在这特殊的战"疫"时期，请你们知道，这封信字里行间诉说的是我对你们最真切的感激。

父爱是一盏历久弥香的清茶。爸爸，我不愿您被生活的重担压弯了脊背，我不愿您在深夜仍愁眉紧锁加班劳累，我不愿您为了我的衣食住行整日忧心……您于我而言像春雨，似暖阳，厚德载物，润物无声。尽管老茧爬上您的手掌，汗水浸湿您的面庞，您从未抱怨，仍故作轻松地告诉我："做你想做的吧，有我！"

我的无忧无虑、天真烂漫是您给予的。您用平凡默默承受起生活的苦难，将甘甜都献给了我。也许未曾感受到您炽热而绵密的爱，但不知不觉中我早已习惯了您细水长流的温柔。

母爱是一束温暖和煦的阳光。妈妈，年少时，多少个夜深人静的夜晚，是您在忙碌完一天的工作，操劳完一天的家务之后，强静着疲惫的双眼帮我检查作业有无错误。在我的印象中，您只有一副瘦小的身躯，却时常活成身披铠甲的女战士。是您让我知道，不论前方是否布满荆棘，前路是否漫漫无垠，您都会陪伴着我，指引我方向，让我不再迷茫和彷徨。

您把温柔和耐心悉数留给了我，但我回报给您的却是叛逆期的倔强和任性，对此我深感愧疚。还记得我初三那年，叛逆的心理宛如带刺的藤蔓，在阳光下肆意生长和蔓延。成绩陡然下降，您担心不已，我充耳不闻。回到家后您不辞辛苦一次次地嘱咐我要潜心向学，专心课业。而我的心中却被烦躁和忤逆填满，曾暴躁地想着："凭什么每天在我耳边喋喋不休，又不是我想考成这样。"后来在日复一日的"折磨"之后，我终于爆发了。那次，我将书包向地上狠狠地摔去，全然不顾在厨房为一家人的午饭劳心劳力的您。我记得您当时气得脸色发青，似乎还夹杂着怒其不争的心酸和委屈，可到后来我才体会到您的良苦用心。可能您是真的特别生气吧？您抄起身旁的擀面杖就打在我身上。我痛得大哭，但您也未曾减轻力度，咬着牙狠着心，追着我打。我当时绝望地吼着："我真的是您的女儿吗？"我狼狈地躲到屋子里，拴上房门，大哭着，心想："你为何下手这么重，对我如此的狠心？"

后来，当我再回头望向记忆的长河，我才终于明白您的苦口婆心，您的良苦用心；后来我才知道您那天也心痛地泪流不止……

爸、妈，如果可以，我多想用努力挽回你们头上那渐白的青丝。如果可以，我真的好想好想你们不要再为我流下一滴泪水。

我想让你们知道，女儿已经长大了，再也不是那个只会让你们操劳，让你们担忧的孩子了，我的肩膀也同样能为你们遮风挡雨，为你们挑起生活的苦。在我面前，你们也大可以卸去盔甲，褪去伪装的坚强了。

　　感谢您，为我遮风挡雨的父亲！感谢您，为我指引方向的母亲！

　　愿你们平安喜乐，顺遂无忧！

你们的女儿：蔡闽湘

2020 年 2 月 26 日（23 点）于湖南永州

2019级会计专业

硕士研究生　李　亚

亲爱的珍珍：

　　好久不见！

　　本以为会有排山倒海的情绪与你诉说千言万语，执笔，却徒自怔怔出神。

　　甚是想念……

　　记得上次相见还是 2017 年的中秋节，见面的前一天晚上我兴奋得像个孩子，脑海里快速地闪动着各式各样的想法，想要把这座城市的每一棵树都介绍给你。

　　重庆北站南广场，我们抱在一起又蹦又跳，我抱着你使劲地摇，全然忘记了这是公共场合。久别重逢的喜悦肆意挥洒，熙攘人群中似乎只有你我。

　　朝天门码头、两江交汇处、旷阔的水面、直立的两岸……，千厮门大桥、东水门大桥、南滨路的双子楼……都框进了相机，成了我们的背景，再回看那时的照片，快乐似乎要溢出相框。德庄、刘一手、麦香园、香老坎、秦妈、记忆老灶……你说要吃遍重庆的火锅，可才坚持了几天，胃就先投了降。但你也因此爱上了这座城。一号线、二号线、三号线……我们坐遍了重庆的轨道交通线，"上天"的轻轨，"入地"的地铁，爬不完的坡坡坎坎，即使汗流浃背，依然遗憾还有太多来不及看。南山、歌乐山、龙脊山……我们一起登顶。我们遇见了"一棵树"，俯瞰整个南岸区，默默注视着被群山环拥的城市，往事的点点滴滴，让你我思绪纷飞。

那个秋天，是我记忆里最欢快的秋，再次相聚的欢愉点亮了那个秋天，泛黄秋叶在摇摆，自由的风筝在飘荡。那个秋天又是最静谧温暖的秋，与你畅聊到凌晨两点，我依然意犹未尽，直到你匀称的呼吸声响起。静谧的黑夜，我拢一拢被角，心里缓缓道："有你，真好！你总是懂我"。带着满足，我也沉沉睡去。

那几天我们玩疯了，好像又回到了童年。记得你长我一岁，住在我家对面，两家门口相距不过十米。每天早上我总是要从自家床上爬到你床上睡个回笼觉，然后开启疯玩的一天……从小学到高中，我们一起长大，大部分时间我们都腻在一起，直到大学，我去了重庆，你去了武汉；我学了经济专业，你学了护理专业。后来你也搬了家，从此，我们好久不见。你的来信塞满了我两个抽屉，信里我们分享彼此的喜怒哀乐，互相倾吐着各自的小秘密。恋爱时的甜蜜，失恋时的撕心裂肺，我们都毫无保留地分享，默默地陪伴着彼此……

后来，你毕业了，成为白衣天使，留在了武汉，而我准备考研。我学习忙，你工作忙，又是好久不见……三月樱花，五月芙蓉，时光游走，激昂的青春渐行渐远。

去年十月份，你告诉我，你今年春节要回来结婚了，让我去做你的伴娘。那一夜，我又失眠了，脑海里你穿着婚纱幸福且甜蜜，我急切地想要分享你的幸福时刻；我脑海中一遍又一遍地响起"谁把你的长发盘起，谁给你做的嫁衣……"不由地伤感，我的闺蜜就要嫁人了。

为参加你的婚礼我早已做好了种种准备，然而，春节尚未至，突如其来的疫情，打乱了所有人的生活节奏……

我打电话问你，累吗？怕吗？你说累，但不怕，被人需要是一种幸福，即使精疲力竭，也真切地体会到了自己的价值；你说与团队伙伴们的彻夜奋战让你更加理解了生命的可贵，让你更加珍惜现在所拥有的一切；你说在这举国众志成城、共克时艰的特殊时期，能站在一线贡献力量，深感骄傲与自豪！我对你的敬佩之情油然而生，突然发现此刻，你已不再是那个柔弱乖巧的珍珍了，你柔弱的肩膀上竟扛起了一份沉甸甸的责任！珍珍，我为你感到自豪！

青春在你我指缝间溜走，我们都想紧紧地抓牢它，努力在青春的画卷上留下更多的色彩！此时，恍然发现自己也真的长大了，不觉间已放下了那些五彩斑斓的梦，收起了不羁的心，学业即将转变为事业，爱情也将成为婚姻。回首，炽热的青葱岁月仿佛就在昨天，有伤感，会怀念，但不沉溺也不贪恋，因为我知道这就是生活。

愿或不愿，一直由父母给我们扛起的担子终归要由我们来承担，家庭与社会对我们的培养，我们终究要反哺。往后，我会把属于我们的青春记忆深埋心底，像你一样，勇往直前，为家庭、为社会、为国家，担起我们青年人的责任！

我们青涩稚嫩的青春已渐渐褪去，而我们的友情是那美酒，会越发醇香。距离再远，时间再久，我们不散！

珍珍，保护好自己！我等着做你的伴娘！

愿平安归来！

你的伴娘：李亚

2020 年 2 月 26 日（22 点）于湖南长沙

冰心依旧在玉壶

2019 级工商管理专业

硕士研究生　朱镓熙

珊珊：

见字如面，展信安。

还记得 2020 年 1 月 25 日，在那"爆竹声中一岁除"的夜里，南方医科大学南方医院驰援武汉医疗队的 24 位医者正式出发，他们毅然写下请战书："若有战，召必回，战必胜！"

你在新年的第一条朋友圈里写道："万家灯火时，英雄已出征。"我也明白，他们不但是你的同校师长，更是你心中的光辉榜样。

如今我在长沙岳麓山下求学，你在广州白云山脚习医，许久不见，甚是挂念。每当看到医务工作者们前赴后继驰援武汉的消息，看到白衣天使们忙碌着照顾病人的身影，我都会想起你。

还记得吗？高二时你不幸患病，术后初愈，内向的你常常找我在面向荷塘的教室走廊里聊天，向我讨教我擅长的生物、化学，补回落下的功课。那时候，病痛困扰着你，也正是如此，为病人消减痛苦成为你心中所愿，学医的理想也由此萌芽。

上了高三，刚刚康复的你不宜搬动沉重的习题册和试卷，我向老师提出兼任化学课代表，帮忙减轻你的负担。那时候我们的交流也渐渐多了起来。我从八岁的时候开始，就发愿成为一名救死扶伤的医生，这也是我多年以来学习的动力所在。但天意弄人，在高考前三个月，我突然得知我的眼睛有先天性的缺陷，这让我此生注定与学医无缘。现实的打击让我夜不能眠，高考的失利更是让我离当初的理想渐行渐远。然而庆幸的是，你考上了理想中的南方医科大，开始你中西医结合的医者之路。

人们常说，大学的灯红酒绿会扰动人内心的宁静，初心难以坚守，热情难以为继。但你不一样，你始终脚踏实地前行，学中医针灸、病理药理、医学实验……你是真正热爱医学并愿意为学医吃苦的人。记得你曾经告诉过我，平时你都是六点起，准时到教室晨读，晚上很晚才从图书馆离开，排队洗漱时也依然会抽空温习功课。我常为之赞叹，你却谦称这是医学生的常态。

有你这样勤奋的好友，我在大学自然也不敢懈怠。我找回了因好学乐学而勤学不倦的自己，在广州度过了一段颇有意义的大学时光。还记得我们回到母校石门中学时，妙容老师为我们在大学取得的少许成绩欣慰不已。我非常感激当初你和妙容老师的宽慰与鼓励，原来在高考挫败面前选择乐观积极地面对是多么明智的决定。苦其心志，劳其筋骨是上天给我的考验，摆渡过斜风冷雨，春暖就在眼前！

相识多年，我们一直相互鼓励着不断向前。更可贵的是，大学四年里曾经的高中同学都各奔东西，而我们还是一直保持着联系，不时分享成就和快乐，分担苦恼与忧愁。在我拍毕业照那天，你上午考完一门课便马上赶来，下午又要坐一个多小时的公交地铁赶赴下一场结课考试。你还笑道："我是不是很伟大？"我当时笑而不答，其实心中雪亮，早有答案。友情似酒，年久而愈见甘醇，你我的这份情谊让我十分珍惜，相信在你心里亦是如此。

如今的你，实现了拿国家奖学金和保研的目标，即将为本科五年画上一个美好的句号，走到了凤凰花开的道别路口。祝福你在"博学笃行，尚德济世"医训的鞭策下，朝心中仁心仁术的医者理想更进一步！

相信抗疫胜利的号角在不久的将来就会吹响，为人民奋战在生死一线的医者都是你我的榜样！他们有心怀苍生的大爱，我们不知道他们是谁，但我们知道他们为了谁。他们也有妙手回春的医术，使罹患新冠肺炎同胞的病情由重转轻，由轻转愈。仁心仁术，缺一不可。正如风华正茂的我们，不但要有满腔的报国热情，更要有脚踏实地的精神，学好经世致用的本领。如此一来，才不枉在这青春岁月里走过一遭啊！在此愿与你共勉！

我相信，经此一役，你会更加坚定心中的信念。我也相信，我可以通过另一种方式实现当初成为医者的理想。

冰，晶莹剔透，清朗而无尘，像极了我们质朴的初心。同时，冰又是如此的坚定，硬如磐石，一如我们的理想坚不可摧。愿我们成为高洁谦和、温润如玉的谦谦君子。

南海亲友如相问，冰心依旧在玉壶。

纸短言长，唯愿初心不忘，各自安好。

待到疫情结束，春暖花开之时，我们再来一盅两件，共诉衷肠！

顺颂祺安！

镓熙

2020 年 2 月 20 日（7 点）于广东南海

爱与教

2019级财务管理（金融工程）专业本科生

1902班　沙梦晴

亲爱的爸爸妈妈：

你们辛苦了。

我已经成年并考入了大学，走到了人生路的新阶段，我内心十分感激你们对我的谆谆教诲，让我拥有一个不错的人生新起点。

在疫情的影响下，我们度过了一个特殊的年。我们为病毒传播情况而恐慌过，也为家人的安危而担忧过；我们彼此陪伴，彼此督促。大灾大难面前，我们愈发感受到亲情的可贵。

家是每个人的精神坐标，无论走多远，它永远是人们心里那个为自己敞开怀抱的避风港。对我而言，这样的精神坐标扎根于你们的"爱与教"。

我们的家庭和千千万万个普通家庭一样，过着简单的生活。没外出务工之前，你们和祖辈一直过着面朝黄土背朝天的生活。二十年前为了生计，我们举家搬迁到苏州。当然，我也从此离开了故乡，来到一个全新的城市读书、生活。

在成长道路中，我尤为感激的是你们的"不一样"。在祖辈们的思想中，他们一直信奉着"无规矩，不成方圆""棍棒底下出孝子"。在这种环境中度过自身童年和青少年时期的你们常常感慨万千。你们曾说，在这种环境中成长的孩子身心受到的影响巨大，常有逆反和自卑心理。所以，对于我，你们选择了和我做朋友，常鼓励我、称赞我，努力地让我明白，我在你们心中是独一无二的。

事实证明，你们的教育方法对我大有裨益。从小到大，我并没有受到你们的责罚。若是犯了错误，你们会耐心地给我讲道理，让我意识到自己的错误并加以改正。有句话说，没有责罚的教育不是完整的教育。对此，你们会认为，并不一定要打骂孩子，让他们惧怕，有的时候，父母的一点点失望就是很大的责罚了，孩子便会因此思考自己、审视自己，从而改正自己的错误。

我从小自尊心就很强，事事都想要做得最好，这样的性格，其实有时会让我焦虑丧气。若是成绩不理想，我常会钻牛角尖，甚至坐立不安。你们希望我不因一点小挫折而沮丧苦恼、丧失信心，也不要看待事物随随便便，不予以重视。于是，你们便常安慰我，教导我胜败乃兵家常事；世上没有永远的第一，你只需要做唯一；不以一时的成败论英雄，笑到最后才是胜利；等等，以此让我重拾信心，继续坚持下去。当我付出了很多努力，却没有收获多大的成果时，我常会自我怀疑。如若遇到这种情况，你们会非常温和地引导我：付出努力却看不到阳光的日子终究会过去，也许努力和你的所得不能成正比，但若不付出努力，就愈发得不到收获。

在成长之路中，我也很感谢你们为我创造了一个宽松、良好的学习环境。这让我能够在快乐中学习、生活，让我轻松快乐地读书。你们从不理会所谓的前座效应，从不强迫我接受额外的家教，更没有强迫我去参加任何徒增压力的培训班。你们只是让我自觉地把应该做的本职工作认真做好，不要过时后悔，你们也总会耐心地疏导我的情绪。重大的考试前夕，我若紧张而局促，你们会告诉我狮子搏兔，亦用全力；兔子搏狮，也不能自乱阵脚等道理。

你们常常对我说，学习对于一个人而言，仅仅是一方面，更重要的是一个人的情感满足和品德修养。你们总是尽可能地给予我父爱和母爱。在我 14 岁时，我们家迎来了第二个孩子，你们在爱我的同时，也教会了我爱别人，学会照顾别人。

同时，你们更是言传身教，"溺爱是一大恶魔"。你们所给予的只是温暖，却不要求一味服从。在家庭里，我们有着非常完善的分工与合作制度。你们教我们自己的事情自己做，教我们力所能及地参与一定的家务劳动；你们让我们懂得互助、分享，但自己的事情自己做，若无特殊情况，其他成员不可伸出援助之手。

总之，在你们的教育下，我很幸福。感谢你们将我往正确的道路上引导，给我自由和适当的协助，让我慢慢成长，不迷失，不盲从，能够成为独一无二的自己，而不是一个失去自我、优秀的"别人"。

关于爱与教，你们的付出与指导，我受益一生！

叩金安。

爱你们的女儿：沙梦晴

2020 年 2 月 18 日（20 点）于江苏吴江

对不起

谢谢您，

2019 级会计学专业本科

1903 班　李思璇（中国香港）

亲爱的父亲：

　　您好！

　　我准备写这封信时，竟一时不知该从何写起。从小因为您的工作我们相隔两地，一年只能相见四五次，不能常在一起，这让我们之间产生了间隙。这次疫情，让我们相处了至今为止最长的一段时光。在这段时间里我们的关系融洽了许多，我开始慢慢理解您，伴随理解而来的，还有深藏了多年的愧疚……

　　以前我总抱怨您不在我身边，直到看到您手机相册里有着我从小到大的照片，我才知道您从未缺席过我人生中任何一个重要的瞬间，您在用您的方式关心着我、陪伴着我。在相聚的这段时间里，我发现您其实十分了解我，您知道我喜欢吃什么，特地做了我最喜欢的清蒸鲈鱼。偷偷告诉您，那是我至今为止吃过的最好吃的鲈鱼。您知道我的兴趣爱好，与我一起讨论我爱听的歌，爱看的书；知道我的梦想，在我心急的时候安抚我不要着急，告诉我只要坚持，梦想总有一天会实现。虽然这些道理我听过很多遍，但当您这么跟我说时，我的内心就变得更加坚定，并对未来充满期待。对不起，原来不是您不了解我，而是我不了解您。记得前几天在天台聊天时，我问您希望女儿将来成为一个怎样的人，您说希望我成为我自己心目中的那个样子。对不起，您从未要求我去成为什么样的人，而我却总强求您成为我心目中的样子。那天早晨，您坐在椅子上，当我从您身边经过时，我第一次发现了您的白发，于是我开始默默留意您的变化。您的动作没有以前那么利索了，记忆力也没以前那么好了。回想起我回香港的第一天，您对我说的第一句话就是："又长高啦！"对不起，您总能在第一时间发现我的变化，而我却迟迟未能发现您华发已生。

请您相信我，我已经不是以前那个毛躁的小孩，我长大了，虽然还稚气未脱，但已经可以帮您分担一些事情了。在我与您闹别扭的这段时间，我错过了许多，以后每次相处的机会我都会好好珍惜，也会在相处的过程中慢慢去了解您。最后请您相信我，我一定会努力成为自己心中的自己，成为让自己骄傲的人，成为让您骄傲的女儿！

谢谢您从未责怪那样的我，谢谢您一直支持我，谢谢您对我付出的一切。

我爱您。

女儿：李思璇

2020 年 3 月 6 日（23 点）于香港

成长路上
很幸运遇见你

2019级管理科学与工程专业

硕士研究生　余思勤

亲爱的 Lilifairy 学姐：

好久不见。

认识你两年多的时间里，我从你身上汲取了很多正能量。你对待生活积极向上的态度、对待事情义无反顾的精神，都在潜移默化中影响着我。想对你说，在我成长的道路上你所说的话，我们一起相互陪伴的快乐时光，都是我未来前行道路上的一束束亮光。

你的出现让我更相信了美好的存在。你说："人生已经很苦了，要学会为自己找些快乐。"在遇见你之前，我每天除了学习就是做兼职。那个时候所经历的一切，我都找不到信任的人可以诉说，我本以为孤独才是常态。但后来我很幸运地被专业课老师发现与认可，去了她的科研团队，接着就遇见了你。一开始我以为我们会是两个世界的人，你每天都是热情开朗的样子，为身边的人带来欢乐，我却压抑着自己所有的情绪。后来，我却惊讶地发现原来我们是有着类似经历的人，我们都失去过最重要的人。你对我说，我们有快乐的权利，我们开开心心地活着才是他们所希望看到的，人生已经很苦很苦，我们要学会为自己找些快乐。慢慢地，我被你感染，开始对身边的人敞开心扉，和你一起度过了一段轻松明朗的快乐时光。

你说："人生有无限可能，有机会一定要抓住。"当我收到湖南大学预推免的复试通知时，考虑到在长沙住宿没有着落、二十个小时左右的车程、奖学金还没有下发等众多因素，内心非常犹豫，一度想要放弃。当我和你诉说之后，你开导我不必这么顾虑。你说，你要是我的话肯定会去，长沙这么美的地方，即使没有通过复试，就当去旅游一次了，有机会不要放过啊。于是我打消了一切顾虑，安心做好准备，轻松应对复试，在紧张的笔试和面试间我还抽空爬了岳麓山。最后，我很幸运地被录取了。

大学毕业之际，家里出事。在我不知道如何面对的回程途中，你不断给我发消息、打电话，并给我分析情况。在家人住院的那段时间里，你每天都会询问我和家人的情况，帮助我解决学校里未完成的事情。原来世上真的存在这样的真挚友情，在我遭遇挫折时不离不弃、热情帮助的友情。我怕这段时间的负面情绪会影响到你，你却告诉我："感觉被人需要，我很幸福，我感受到了自己的存在感。"你温暖的话语支撑着我走下去，让我在经历了生活带给我的挫折之后，仍然能够感受到来自生活的善意。在你的支持下，一个月的时间很快过去了，家人平安出院，我也顺利毕业了。

你说："我相信你，你也要相信自己！"研究生刚入学的那几天，我非常不适应，甚至萌生了退学的想法，虽然自己不会真的这么做。但是当我开玩笑似的把这个想法告诉你时，你一个电话打过来，骂我不长进，郑重地跟我说，已经好不容易走到了这一步，不要轻言放弃。你说，我是你心中最优秀的学妹，相信自己一定没问题的。有时候别人给予的肯定往往会让自己充满力量。现在，我已经逐渐适应研究生生活，也在为了未来而努力奋斗着。

你说，看见我就像看见了以前的你，所以希望我能够越来越好。我们不感谢挫折与劫难，因为经历过后已经遍体鳞伤，但我们感谢曾经那个不惧困难的自己，在苦难中成长，在经历了这一切之后仍然能够拥抱世界、热爱生活。如今，我们已经在人生的道路上各自发展，但相互陪伴的漫长时光温暖了彼此。我们要一直相信美好并热爱生活，不负遇见。

　　未来，我会继续努力，总有一天，我们都会成为更好的自己。就像当下处在疫情之中且正在努力的所有中华儿女一样，我相信，我们每个人都有能力为这个世界带去希望的光。

　　顺颂清安！

学妹：余思勤

2020 年 2 月 29 日（23 点）于安徽固镇县

2019级会计学专业本科生

1906班　董雨荷

亲爱的爸爸：

　　你好哇！

　　自从进入高中，我就再也没给您写过信了。您知道的，从小我的文笔就不太好，到小学四年级，写作文都是妈妈或者您说一句我写一句，您还记得吗？这次确实因有很多话想要对您说而鼓足了勇气写这封信，您就稍稍忍受一下闺女我拙劣直白的文笔吧！

　　大学半年不见，您知道我一下动车看到您在车站出口处等我时，我想说的第一句话是啥吗？是"你胖了！"哈哈哈哈哈！真的又变可爱了呀！我似乎能看到您读到这里一脸嫌弃的表情。没关系，我可拿捏着您可爱的证据呢，不喜欢这个词也不行。

　　首先呢，当然是您可爱的睡姿。基本每晚，您都是穿着大睡袍看电视，看着看着就睡着了，嘟着嘴打起大呼噜。我想好了，一定趁某次您睡着的时候偷偷给您拍张照片，我保证，您看到一定会憋不住笑的。

　　除此之外，您是一位可爱的人民教师。这次疫情的突然暴发，让您提前结束了假期开始录制网课。我记得那天您起得很早，一改宅家将睡衣进行到底的作风，还找出了皮鞋穿在了脚上，说是要去学校，我还寻思为啥。晚上您回来我才知道，您窝在实验室琢磨了一整天该怎么安排教学内容及录制网课。

　　您总说自己运气好，带的每届学生考得都不错，其实幸运怎么会总是降临在一个人头上呢？只不过是您比别人更负责，更较真。如果不是您这股可爱的较真劲儿，哪可能有勇气中途接手年级排名倒数第一的班级，并在短短一年的时间内将他们拉至年级排名第二呢？怎么会有毕业十几年的学生，依然记得到家来看看您呢？您对工作的一丝不苟，对身边人的真心相待，正是您最最可爱的品质。

　　记得几天前您给政府打了通电话，说是申请当志愿者为邻居们采购日常必需品，我从未见您如此兴奋过。之后的每天，您和要上网课的我起得一样早，甚至更早，踩着皮鞋啪嗒啪嗒下楼，甚至来不及吃一口早饭。中午回家摘下口罩，狼吞虎咽吃完午饭，又急匆匆地踩着皮鞋啪嗒啪嗒地出门了。晾在阳台上那件棉袄上别着的志愿者红色袖章告诉我，这个因为疫情被摁下暂停键的小镇因您和很多如您一样的人而得以维持正常运行。您说，为大家做了点事，心里终于踏实了。我想说，因为有您，我们心里都挺踏实的。

　　每天晚上，看着微信运动上您的步数遥遥领先，看着您又看着新闻坐着睡着了，我虽然觉得可爱，但其实挺心疼的。而我能做的，就是轻手轻脚为您关上电视，灭了灯，锁好门，在心里祝您晚安好梦。在今后的日子里，我会如您一样，努力学习，认真对待自己的学习、生活和身边的人；如您一样，被他人需要，被国家需要。这真的会是一件特别特别幸福的事情。

　　夜又深了，隔着墙我又听见了您的呼噜声。好梦呀！

爱您的女儿：董雨荷

2020 年 2 月 23 日于湖北荆州

缕缕情丝
悠悠我心

2019 级会计学专业本科生

1903 班　朱新宇

亲爱的妈妈：

　　您好！

　　说起来竟有些矫情，明明你我因疫情整日不能出门，共处一室，我却没有选择跟您直接面对面交谈，而是写下了这封家书。这缘于有些事情实在不好意思开口，不如见字如面，以信代意。

　　时光荏苒，转眼我已成年，已从襁褓中咿呀学语、庭院里蹒跚学步的小孩，成长为一个有担当有理想的青年。我依恋于您的怀抱，但我不能永远把它作为避风港。我渴望成长，渴望进步，渴望以自己的力量去更广大的世界闯荡，去更有挑战性的地方过富有意义的生活。

　　我自打出生后，也没有去过太远的地方。这次却离家千里、独自一人在异乡求学，我知道您心里是一万个不放心，经常在微信、电话里嘱咐我照顾好自己。我常常热泪盈眶，但我实在无法为此就放弃求学成长的机会，因此，我写下这封家书，谨以此篇，希望您放下心来。

　　首先，我会做一个爱国者。如今的中国已然腾飞，国际地位也实现历史性提升。如今的中国经济发展成绩斐然，脱贫工程举世瞩目。甚至当新冠肺炎疫情席卷中国时，我们仅仅用了十天就成功建造了一座火神山医院。中国的发展世界有目共睹，能生在这样一个国家，我感到无比的骄傲与自豪。但我一直记得，是您培养了我的爱国热忱，教导我要为这个正在崛起的国家做出贡献。那时碰到献血车，您会带着我一起去献血，看着汩汩鲜血流入血袋，您温声细语的鼓励至今萦绕在我耳畔。古人云"身体发肤受之父母"，但在我成年之后，您却肯定了我遗体捐献志愿登记的"不肖"决定。您告诉我，我们并不是生活在一个和平的年代，我们只是有幸生活在一个安宁的国度，我们理应为她尽自己的一份力量！而我又何其有幸，既能生在一个如此和平的国家，又能遇上这么一位好母亲。

其次，我会做一个明道德、讲文明的人。善良不能仅存于内心，更应付诸实践。记得小时候坐公交车时，您总会教育我要给老奶奶让座，并且身体力行做我的榜样。如今，身在长沙，每逢坐公交地铁时，我总会记起您对我的教导，并尽我所能帮助别人。我如今也经常利用周末的时间去做志愿者，在地铁为别人指路，去敬老院看望孤寡老人，给这个社会带来一丝温暖。是您告诉我，受过别人的恩惠，就要反哺社会。并且，我知道，理性不存在，则善良无意义。所以我会以理智与克制为指导，去传播真正的善良，真正帮助到需要帮助的人。

再次，我会做一个尊敬长辈的人。古诗云："慈母手中线，游子身上衣。临行密密缝，意恐迟迟归。谁言寸草心，报得三春晖。"您总是操持着家里的一切，把所有的事情都揽在自己身上。每次的聚会，我的印象总是停留在热闹的饭桌上，许多人围着餐桌，大人们喝着酒，聊着天，小孩子敞开了胡吃海塞。可想想看，一桌子的菜从构思、置办到处理和最后的烹饪，总是您一个人忙前忙后，忙里忙外。其实不只做饭，还有日常的家务、妹妹功课的辅导，这个家里一切有序的运转，都离不开您。您没有把爱说出口，却时时刻刻都用爱教导着我。您是我的启蒙老师，是您，让我懂得了感恩与尊敬。今后，我会把这份感恩与尊敬传递下去。

还有，我会做一个修行者，宅其身，抱道行。您热爱传统典籍，自小，在您的教育下，我也在古文化的熏陶中长大。在有阳光的午后，窗子旁边，总有一大一小，各拿一本古诗词，反复诵读，旁边是你的幽幽茶香与我的甜甜果汁。"万物得其本者生，百事得其道者成。"我会继续在文学经典中陶冶情操、增加才情，做到"腹有诗书气自华"；在哲学经典中提升思维能力，把握规律，增强哲学思辨能力；在伦理经典中知廉耻、明是非、懂荣辱、辨善恶，培养健全的道德品格；在日常中努力学习专业知识，与好友同切磋，共进步。我有幸能来到千年学府湖南大学求学，这里有浓厚的学习氛围、可敬的老师、可爱的同学，我在这里，一切都很好。

唠唠叨叨地说了这么多，其实就是想让您放心。您对我的教诲我会永远牢记在心，也请您放心，女儿长大了，不再是那个事事都需要依赖您的小女孩儿了。静心等待，花自会开。

此致
敬礼！

您的女儿：朱新宇

2020 年 2 月 26 日于山东烟台

用爱
守花开

2019级工商管理专业本科生

1903班 张 秀

亲爱的奶奶：

　　您好！

　　与您结缘已经二十年了，二十年的岁月如同白驹过隙。转眼，我就这样长大了，慢慢地，您就这样老去了。二十岁的我，正值青春年华；二十岁的我，已步入大学校园；二十岁的我，在慢慢读懂善恶是非；二十岁的我，也想在这里给您写一封信。

　　自呱呱坠地起，我便与您结下了一生缘。泛黄的照片中全是您的模样。这一生，您把您的守望都献给了最疼爱的孙女。

　　回忆里想象着：襁褓中的我柔软地伏在您温暖的后背上，无论何时睡意袭来，都会毫无顾虑地倚靠在您充满安全感的脊背上，安心地进入梦乡。您也总循着我的呼吸声回过头，望着我酣睡的脸颊，眼神中尽是宠溺，脸上满是微笑……

　　童年的记忆中，仿佛有您的地方，便是天堂。我像一株小草开始萌芽，总有这样温馨的画面萦绕眼前：您的大手牵着我肉嘟嘟的小手，在万物复苏的春天爬山赏樱花，在炎炎似火的夏日乘凉吃西瓜，在飒飒秋风的吹拂下收麦子，在皑皑白雪的冬日堆雪人、打雪仗……一切都在按着柴米油盐酱醋茶的剧本演绎，纵有喧嚣红尘，却总也清净如画。

光阴荏苒，渐渐地，我长大了，如小草脱离泥土般，脸上的稚气已不在，多了些成熟与潇洒。只是，面对我不得不外出求学，您想要挽留却又不能挽留。掩饰不住心中的不舍与担心，您竟在夜晚昏暗的灯光下孩子般抽泣。我无法想象，到底是怎样的思念，让每天的电话成为您唯一的守候。多少次梦中惊醒，多少次担惊受怕，多少次惶恐不安，多少次守着月亮慢慢变成了太阳。这样的日子在不知不觉中流逝，您却也在一天天苍老……

放假回家，您总早早地去路口等我，一望见我，便孩童般欢喜。我慢慢走近您，日光下，您佝偻的背影显得格外耀眼。那曾经挺拔的脊背，是我儿时的依靠啊，是可以让我任性发泄的天地，是遇到一切困难时的避风港啊！可它仿佛突然塌陷了，严重的腰椎间盘突出让您疼痛难忍。过去总那么美好，却将遗憾留给现实。突然间我开始自责，我的泪水在眼眶打转，恨自己年少时的无知，恨自己曾经的自以为是，恨自己当初不懂珍惜，恨自己总把最令人厌恶的一面留给最亲的人，只剩下无力的愧疚。可那都无济于事，于是试探着用手伸向那略突起的驼峰般的腰，怯怯地低头问您"疼吗？"您却故意若无其事，笑着对我说："不疼，真的不疼，没骗你哦。"我偷偷回过头，刹那间已是止不住地泪如泉涌。每当看到您眼角强忍疼痛的泪水时，那都是刻在我心上的痛。我庆幸自己终于领悟到了这一切，虽未曾是过去，但终究不是无法挽回的将来。我似乎明白了，现在的我能做的只有努力地向外伸展枝叶，早日学会承担，早日有能力来照顾您。

姐姐老说奶奶偏心，总是担心妹妹受委屈，总是嘱咐在长沙的她要照顾好同在长沙求学的妹妹。在您眼里，我永远都是那个长不大的孩子。小时候我总生病，每次您都说像是过了一次鬼门关，以至于上大学后，您每次都在电话里不厌其烦地叮嘱我要好好吃饭，好好照顾自己。二〇一九年年底，全国暴发了新冠肺炎疫情，您慌了神似的打来电话问我在学校是否安全，直到我平安到了家，来到您面前，您悬着的那颗心才放下。疫情期间您总说，等开学了一定照顾好自己啊，少出门啊，别让奶奶总挂念着。这么多年了，您何曾不牵挂着我呢？

奶奶啊，您疼爱的孙女已长大，好像小草终于开了花，我终于不再是娇弱的小孩子，学会了生病时照顾自己，不会再任性地随心所欲，懂得了保护自己。从小到大，您守着我，耗尽了一生，耗尽了最美的时光。守望到韶光消逝，守望到皱纹爬满额头。您就这么守了一辈子，默默无闻，无怨无悔。可时光易老，饱经风霜的您已伤痕累累。我曾无数次乞求神灵赐福您长命百岁，用我一生来换您岁月长留，让我牵着您的手走过余生，换我来守着您，换我来望着您……

此致

敬礼！

您最亲爱的孙女：张秀

2020 年 2 月 5 日于山东泰安

所爱隔山海

山海亦可平

2019级会计学专业本科生

1904班　刘星雨

亲爱的爸妈：

　　你们好。

　　我不知道你们会通过哪种渠道来看到这封信，但我衷心希望不是从我这里，因为太不好意思了（笑）。要知道，像我们这种"互联网原住民"往往不擅长于写信。所以很抱歉，这些方块字可能会过于意识流。

　　有一个很有意思的现象：当下的人们不太喜欢直接地对他们最亲密的人表达爱意。他们中的有些人会这么想：我们都已经那么亲密了，为什么还需要通过形式化的流程来表达"我爱你"呢？难道真切说出来的爱比无言伫立的爱更浓郁吗？我不知道，但是我总认为后者要更深沉些。这也可能是我愿意用无声的文字而不是话语来表达的原因。

　　说了形式，让我们来谈谈内容。我总是过于天马行空，这真的不是个什么好的特点。就好像我的思维永远会忽然奔向一个瞬间的火花，把你们愣愣抛在身后。当然你们会笑着说这是脑子反应快的表现。之前没有细心留意过，但是想想你们应该是有些难受的吧。孩子的思维永远都是只属于他们的那个年龄，他们总会迸发出对这个世界最大胆的触碰与猜想。而你们已经历经沧桑，固守着生活的斑驳和苦味，收历着已不再如新的时光标本。说真的，我常非常感谢你们能够用足够的耐心去倾听、评价一个"探索者"幼稚而又狂妄的发言。你们会在我身上看到当年的自己吗？如果这经常发生的话，我要说你们在这种时候给予我的指正更加令我肃穆倾听，让我以敬佩的眼光看待自己的父母——探索人生道路并留下印迹的前辈。

我们家庭和其他家庭不同的是：讲述道理的人是我。你们好像更喜欢用行动来告诉我该怎样面对世间。"行胜于言，说教解决不了实际问题"，这是你们教给我的至今仍在奉行的真理。你们教会我目标永远是伟大的，但实践中我们更需要分化目标、积沙成塔、累土九台。在我们的家庭中，理解、尊重、平视永远是我珍视的财宝。你们放纵我让我去驰骋，在我骄傲肆意的童年和少年时代让我深潜于书海，享受这瑰奇壮丽的世界，遨游于无限星海。保持永远的好奇心和热爱是你们教给我的"彼得潘"式的态度，任凭风吹雨打，胜似闲庭信步。我是你们生命的延续者，你们用独特的爱让我收获这样的精神财富。

我们家庭和其他家庭还有一点不同，那就是我们以前不常团聚。我在家的时候只有妈妈在家，而当我离家上学，爸爸才回来。这么说来妈妈或许是这个家里最幸福的人呐。老爸工作的特殊性让我们家很难凑到一张桌子上吃饭。这种状态在今年寒假的时候有了很大改变。要知道，距离上一次初中三年级和老爸在家一起吃饭时已经过去多少年了啊。跨过黄河，我来到冬天树叶常绿的长沙。可我总惦念着那盏于风雪中亮着的灯，那盏灯也在惦念着远方的我。

我不喜欢"游子"的称呼，我的根深深扎在北方的土壤里，家的符号伴随着血液流淌永不消亡。相比之下我更偏爱"风筝"，因为无论我走多么远，总有人在家的那头为我牵着线。

"所爱隔山海"，然高耸入云的群山阻挡不了遥望故乡，有了家和你们，我相信"山海亦可平"。离开不是我的目的，短暂的分离，将归还你们一个足够优秀的我。

太年轻了，你们会这么说我。还是个孩子，你们会这般叹气。但是不必太担心，我总要经历不如意，我定会遇上优秀的自己。

在茂盛岁月里，愿你们色彩斑斓，愿你们安康如意。

你们的孩子：刘星雨

2020 年 2 月 25 日于河北邢台

君可安好?

2019 级会计学专业本科生

1904 班　韦秋蓝

亲爱的朋友:

近来可好?

也许是被人们踏出了新的路线,也许是我的记忆出现了偏差,我绕行了好远的田埂小路,辗转间我还是找到了这里——我们曾经一起学习的村小。

毕业后不知你可否回去过,隔一纸信笺,我还是想跟你叙说。这里的青砖瓦房还屹立不倒,只是地面有大片掉落的还未来得及清理的墙皮,墙上似乎有被人重新粉刷过的痕迹。据说这里已被改造成了一所敬老院。

走近,我不由地拾起一撮墙灰,上面还有我们一起顽皮时留下的粉笔画迹吗?抬眸望向狭长的走廊,长廊的尽头,花开成锦,花下憾少人影。

小学时候的我胆小腼腆,而你,大大咧咧却勇敢懂事。恍惚中,芳年华月,滚烫的记忆挠得人心又痒又痛。还记得那年老师挑选班长,最终决定由我们两人共同担任,因为你说:"我们两个要一起,不能只选一个!"这般童言无忌、天真烂漫,现在想来令人捧腹。重游故地我还遇上了我们的启蒙老师,老师尽管发丝已银白,身材也不再伟岸,却因知识的余香而越发精神矍铄。此时我眼前不禁浮现一幕温暖的画面，我们一左一右地给老师拔掉黑黝黝的头发间藏得隐秘的白发。那时一切都好纯粹，老师口中的课文是我们的天地，放学路上的大石块是我们的课桌，一起分享的零食是收到的最好礼物。

每次我在走廊尽头那个墙角处哇哇大哭，你便蹲在旁边，默默陪着我，给我递纸巾。那些被我的泪水浇灌过的树枝现在也已高可攀天。我们都长大了，原以为我没那么爱哭了，但靠近这一切，眼泪还是不争气地簌簌滴落，根本止不住。

毕业时，你说，我们可能去不了同一所学校。当时的我们不知离愁，待到各奔东西才发现，我根本寻不到你了。我去你外婆家找你，才得知你被妈妈接走了，后来有幸在一个车站见到了你。时间真是好东西，几年不见，你已磨炼得更加成熟了。那次相逢，千言万语到嘴边却化作几句寒暄，但我真的知足了。现在我最后悔的就是当时没有和你交换联系方式。

同根生的树枝朝向不同的方向生长，久了，棱角也大不相同了。上次，你回来暂留了几天，我只听说你家近况不太好，没敢去找你，我怕你由于强烈的自尊心而不愿让我看到你的窘迫。年少一起约定的志向不可能并肩追逐了，只能珍藏起那些曾约定的人和约定的话。你知道吗？我的通讯录里为你留着名字，却写着我的电话号码……

快十年没有联系了吧，我的朋友。我总是在奢望，未来在人生的同一海拔或是顶峰，与你比肩而立，互道寒暄：君，近来可否安好？

你的朋友：韦秋蓝

2020 年 2 月 25 日于重庆

榜样的力量

2019 级会计学专业

硕士研究生 曹芷璇

亲爱的爸爸：

最近还好吗？

转眼间您返回杭州复工已经有 19 天了，我和妈妈都很想念您。

这个寒假比以往都长，我们在家中的日子无聊又温暖。从小到大，您由于特殊的工作性质而很少在家，只有每年的春节与我们团聚，这让我们格外珍惜。这些天，我们一起找电影大片，一起看体育竞技节目，一起聊新闻时事……很愉快，很开心！

您的话一直都很少，您陪伴我成长的日子也屈指可数，但是父爱如山，在每日的电话里，在难得的陪伴中我能感受到您深沉的爱。我明白您的艰苦，谁又不想陪伴在妻儿身边？您的工作压力那么大，您孤身在外打拼的日子如此艰辛，我们能做的却只有理解与关心。

亲爱的爸爸，不能时刻陪伴我成长，您不必自责，您的爱从未缺席。小时候，每年回家您总会给我带很多有意思的小玩意，那种愉悦与新奇的感觉我永远记得。我还记得，有一年春节您没回家，我们没能见面，在之后的一年里我就总希望您能早点回来，妈妈也特别想念您。您回来后我无意中开玩笑说道，爸爸，您再不回来我都要忘记你的样子啦！那时候的我才六七岁吧，一句孩童的无心之言，您流泪了……我无心的一句话却深深地刺痛了您，真对不起！那时候的我还无法明白您所做的一切。那时候的我只知道您很少在家，脾气也不太好，会打我骂我。亲爱的爸爸，可那个不懂事的我现在已经长大了！我明白您无言的父爱，明白您每天都会向妈妈问我近况的温情，也明白您收敛着暴脾气温柔地和我讲道理的柔情。不过，您的话真的很少，强调得最多的就是"你要听妈妈的话"。我们都知道妈妈也很艰辛，既要工作，又要打理这个家，所以我一直希望自己快点长大，尽我所能让您和妈妈不要这么辛苦，让您和妈妈不用为我过于担忧操劳。我会一直努力学习，做让您和妈妈欣慰的乖巧懂事的女儿。

　　这次疫情，让2020年的这个春节变得如此特殊，您难得在家中休息这么多天，但您仍是家里最早需要奔赴工作岗位的人。我们都存有私心，浙江疫情还在动态发展，往返路程又长，我们很担忧，不希望您回杭州复工，希望您能在家里一直陪伴我们。但是，我们也明白，您身为管理者，在疫情下，您所要保护的不仅仅是您自己，还有整个项目部。您需要安排相关疫情防控工作，需要比别人先到达岗位，需要为整个项目部员工的安全负责。您一直都是这样一位有责任、有担当的人，您一直都是我的榜样！

　　亲爱的爸爸，我是一个不善言表之人，有些话在心底难以言说，于是付诸纸笔，以表心意。在我心中，您永远是最伟大的爸爸！我爱您！

　　敬祝身体健康！笑口常开！

永远爱您的女儿：曹芷璇
2020年2月26日于湖南湘潭

爱
从未走远

2019级会计专业

硕士研究生　孔晓梦

亲爱的姑姑：

　　好久不见！你还好嘛？我想您了。

　　如果这封家书能够邮寄，我想这地址我一定不会弄错，虽然您从未告诉过我，但那一定是天堂。

　　2020年是不平凡的一年，突如其来的疫情，带走了诸多民众的生命。看到他们的离开，揪心的感觉再次袭来，就如当初您离开的时候。

　　距您离开的日子已经有好些年了，不知为何，每每想起您，浮现在我脑海的都是您躺在病床上脸色惨白、全身浮肿的模样。您刚生病时我正初中毕业，可当我知道您病情的时候，已是高考结束了。您瞒了我整整三年，只是担心影响我的学习。您对我的关爱铺满了我的记忆，而我还没来得及报答，您就走了。从前的我总以为时光漫长，直到您离开，我才知道，生命远比想象中的要脆弱。

　　初中，我就读于一所普通中学，而您是那所中学的数学老师。在生活上，因为当时家里经济条件不好，您老担心我吃不饱，时常往我饭卡里充钱，总盯着我，让我好好吃饭。在学习上，您更是尽心尽力，经常与老师们交流，及时了解我的学习情况，也是在您的督促下，贪玩的我渐渐静下心来认真学习，同时也培养了我对数学的兴趣。还清楚地记得，初一下学期晚自习那会儿，您特别担心我晚上骑自行车回家不安全，努力给我找宿舍，好让我安心学习。一直到初三毕业，我的临时宿舍辗转了好几个地方，最后我不负众望考进了市重点高中。当时的您开心得像个孩子。

上了高中，我们之间的距离变得遥远，但您对我的关爱从未停止过。开学报到的第一天，您早早同姑父开车回来等我收拾好东西送我上学，生怕错过我报到的时间。到了学校，您还亲自帮我把差不多十斤重的棉被扛上七楼。当时的您气喘吁吁，现在回想起来，很害怕您的身体承受不住呢。除了生活方面的点滴外，您还给我灌输时间观念，让我不敢轻易迟到，哪怕一个晚自习都不行。

后来，您回家看爷爷奶奶的次数少了，打电话的次数也少了，我的成绩您也不那么关心了，就连过年过节回来时您都喜欢戴着口罩，吃饭的碗筷总先拿开水烫，好似还变得时髦起来头发烫成卷儿，我还笑着对您说"搞了发型呀，蛮好看的"。那时您还笑着回答"是啊"。我以为这一切不寻常是源于您退休后的新的生活方式，我从未料到是您生病了。一直到奶奶离世，她都不知道您生了这么重的病。等到高考结束成绩出来的那一刻，您才放心地把病情和化疗住院的经历一五一十地告诉我，我难以相信像您这么好的人上天竟然要将您带走。

世事无常，总有些离开猝不及防。我清晰地记得是在大一的运动会期间，我听到了您病危的消息，比完赛我就急急忙忙赶去医院看您。躺在病床上的您，连说话的力气都没有，大多数时候就只是听着，眼泪一直不断涌出，一旁的小姑姑帮您擦了一遍又一遍。而那时的我假装很平静，不想让您担心。我假装平静地和您聊起我的大学生活，只看到您时不时地点头，聊着聊着我哽咽了，眼泪很不争气地掉出来。过了几天，您就偷偷地走了，我都还没来得及和您道别。小时候我总以为还有足够的时间来报答您对我的爱，长大以后才发现，人生中的很多事情是经不起等待的，也经不起所谓的来日方长。岁月并不依照我们的设想而前行，分别总是那么的猝不及防。

亲爱的姑姑，是您，每次回家都大包小包，劝说爷爷奶奶买的衣服要常穿，地里活不要再瞎干；是您，骑着摩托车陪我去医院看因车祸而摔伤的手；是您，在我们家最困难的时候搭上一把手；是您，忙前忙后尽心尽力培养出了我们家三个大学生；是您，每次爱心募捐排名都紧紧跟在领导后边……对父母要孝敬，对兄弟姐妹要相互扶持，对学生要有耐心，对社会要有大爱，这些都是您身体力行告诉我的道理。

谢谢成长路上有您的督促和陪伴，您对我的关爱无微不至，从不求回报。如果真要说您希望的回报是什么，估计就是希望我能有好的生活，然后在您离开之后我们能够好好孝敬爷爷吧……

您放心，我很好，爷爷身体也很健康，家里一切都好，您在那边也一定很好吧？虽然您已经离开了我们，但您的爱，从未走远。

敬请福安！

您的侄女：孔晓梦

2020 年 2 月 5 日于广西南宁

把时光留给父母

2019 级管理科学与工程专业

硕士研究生　陈冬晴

亲爱的爸爸妈妈：

　　你们好！

　　今年春节是这般特殊，全国上下都在抗击疫情，你们为了响应号召，大年初三就赶回厂里支援生产。时间过得太快，而我们在一起的日子却那么少。但正是在这样特殊的时期，我更能感受到你们的爱与付出。谢谢你们的养育之恩！

　　陈美龄大致说过："教育是父母能给孩子最好的礼物。"所以我最感恩的就是你们一直支持我上学，让我接受良好的教育，让我能有正确的世界观、人生观和价值观。我知道，对于我们这种普通的农民家庭来说，供养两个孩子读大学是件多么不容易的事情。但是你们从来没有因为家庭条件不好而不让我们读书，反而是更加努力地打工干活，即使再苦再累也从未向我们诉苦抱怨。可是每当看到你们布满老茧的双手和满是皱纹的面庞，我知道你们正慢慢老去。我非常感谢爸爸妈妈一直以来的辛劳付出。人的价值不仅在于实现自我，更在于对社会做出贡献，我认为现在的学习就是为了让以后的人生更有意义、更有价值。感谢爸妈一直以来对我的鼓励和支持，并以我为傲；更感谢你们对我的栽培，让我成为一个有理想、有道德、有文化、有纪律的"四有"青年。

"病毒无情，人间有爱"，在今年这个特殊的日子里，父亲您一直教育我，说我作为一名共产党员，应该主动申请支援，积极发挥党员的先锋模范作用。于是，我也主动向村委会申请当志愿者。后来父亲您在新闻上看到全国的党员都在为疫情捐款，还特意打电话问我是否已捐款，嘱咐我要充满家国情怀，一定要为抗击疫情尽自己的一份力。您还一直跟我强调生命重于泰山，疫情就是命令，防控就是责任。

亲爱的妈妈，您说我自从上了大学以后就不经常打电话回家，说我总是不想您。是啊！上了大学以后离家更远了，有时因为一些事情会忘记给您打电话。但是不管我在哪，在干什么，都会想家，都会挂念你们。我记得以前开学时爸爸送我到学校，还未等他离开我就止不住开始哽咽。尤其夜深人静的时候我经常会想到那"田家已耕作，井屋起晨烟"的画面，经常会怀念小时候母亲清晨送我去上学的日子，这时便挂念你们两位的身体是否安好。别人说"拥有的时候不懂珍惜，失去了才后悔莫及"，所以妈妈，我以后会经常给您打电话，把时间留给重要的您。您要是想我了就告诉我，不管我忙不忙，都会留出时间陪伴您。我还想听妈妈给我唱"乡下孩子，曾是妈妈怀里欢唱的黄鹂，曾是爸爸背上盛开的野菊……"

亲爱的爸爸，您真的是天底下最不像父亲的父亲。我知道爸爸您像小孩子一样很爱吃小零食，爱抱着娃哈哈喝，最喜欢吃苹果。同时我也知道，您是我们家最坚强的大树，为我们的成长挡风遮雨。爸爸您常说"幸福是奋斗出来的，没有什么事情是靠双手完成不了的"。爸爸您是位踏实肯干的厚道人，经常上夜班，工作很辛苦，我也跟着好心疼。您实在累了的时候可以跟我说，让我来守护天底下最好的爸爸。成长的道路上，感恩有您的陪伴，您陪着我长大，我定伴着您到老。对了，爸爸妈妈，下次有机会我们全家人要一起去拍张全家福，似乎我们一直都在忙各自的事情，忘了生活需要的仪式感。

我想要将多一点儿时间留给父亲和母亲，想陪着你们享受日出而作日落而息的农耕生活，想还没睁眼就能闻到"有妈妈味道"的饭菜香，想赖在床上等你们掀被子喊我吃饭，想陪着妈妈一起织毛衣，想陪着爸爸一起去茶园。希望我和弟弟的努力以后能让你们过上幸福的老年生活，让你们能够真正享受属于自己的时光，不要再总把时光留给我们。

时间是一只藏在黑暗中看不见的温柔的手，在你一出神一恍惚之间，物换星移，时光飞逝。我们总在感叹时光荏苒，年少不再，某一天突然醒悟，在这班从不为谁停留的时光列车上，我们早已错过那些重要的人。在这岁月步步紧逼、梦想满天飞的人生中，请多留一些时光陪伴生命中最重要的人，多留一些时光给我们的父母。

请康安！

你们的女儿：陈冬晴
2020 年 2 月 20 日晚于河南新县

无所谓时间
无所谓距离

2019级工商管理专业

硕士研究生 张文莹

三金:

　　还好吗?

　　今年是你从国防科技大学毕业的第一年,也是你投身军营的第五年。这几年我们书信没有间断过,我总是手写给你,然后贴上邮票、盖上邮戳,装在送信小哥的邮包里……我们都认为,在通信如此发达的如今,这仍然是我们联系的最好方式。这几页泛黄的信纸里的字字句句,蕴含着千言万语。

　　今年疫情暴发,你跟我说,希望去前线为人民站好每一班岗,我记得你们早早进入了“备战”状态,我也早早开始担心。你总是深夜才回,然后草草报一声平安,睡不到4小时又在清晨迎接湖北的第一道曙光中,踏入为人民服务的新的一天。我深知,部队里的每一句教诲和每一次训练都深深嵌在你的灵魂里,你不是把一句“武汉加油、湖北加油”停留在嘴上,而是奔赴前线为我们湖北人站岗。当发工资了,你也是琢磨着怎么把工资捐给湖北的基金会。你跟我说的每一个想法,都让我感到安心和温暖,因为作为一个湖北人,我深知现在疫情阻击战的艰辛和危险。而姐姐作为医护人员,放下未满两岁的宝宝,申请留在一线医院奋斗。你跟姐姐都成了这场战役里的逆行者,留下我日夜为你们担心,又日夜为你们骄傲。

我很荣幸成为你们的家人。

我感慨不知不觉一年就这么过去了，每一年你回家的日子都屈指可数，我也曾悄悄问过你想家吗？你只是默默回一句：习惯了。高中的时候你最喜欢的军歌是那首《军中绿花》，每每拿起话筒，你都会一字一句地唱，然后眼里真地泛起了泪花。后来我才明白当初你跟我说"这首歌真的唱腻了"的原因。即使是坚强如你，当这首歌的旋律响起时，也会情不自禁地想家、想妈妈。

我还记得第一次进营地，让我震撼的不仅是挺拔的哨兵，更是走进营地时所看到的那几个字——"一不怕苦，二不怕死"。从此我就更加明白你的坚毅。脑子里总是闪过你在训练中受伤结痂，又在匍匐前进的时候掉痂的画面，这些画面一幕又一幕无情地循环着……但每次打电话或者见面，你也只是笑一笑说没事，习惯了。好像听你说得最多的一句话就是"习惯了"。可能你确实已习惯日复一日的有规律的训练，但我看着你日复一日地受伤、愈合又剥离，却怎么都习惯不了。你还总是宽慰我又再三嘱咐我，不要告诉妈妈，不要让她担心。而我也牢牢守护着你的秘密，因为我们彼此信任又理解，无所谓时间，也无所谓距离。

在这特殊时期的一封信中，其实还有很多想说的，但最想告诉你的是我们现在隔离在家，一切都好，但我们日日夜夜挂念的就是你。面对疫情，有的人选择沉默，有的人选择逃离，却有更多的人选择战斗和坚守。他们是千千万万个这样的你。信的结尾，许一个我们共同的愿望：希望疫情前线的所有战士们照顾好自己，希望抗疫早日胜利！

祝一切安好。

你的家人：太阳

2020 年 2 月 29 日（晚 10 点）于湖北宜昌

厚爱无需多言

2019 级管理科学与工程专业

硕士研究生　肖程琳

亲爱的姐姐:

　　你好!

　　疫情当下,好久不见。"最近过得开心吗?""身体健康吗?"这是每次你见我或打电话给我时的开场白吧。不像大多数同龄的孩子那样,我对家人总是报喜不报忧,但我每次都将自己的真实情况说给你听,因为我知道你是全天下最了解我的人,我的言行都不可能瞒过你的"火眼金睛"。

　　我对小时候我们之间发生的事情,几乎没有印象。你说我是因为童年过得太幸福了,而大多数人对于童年的记忆都是一些糟糕的事。起初,我是不认同的,直到有一次从你和你朋友的交谈中我才知道,因为我的存在,你吃了不少苦头。就像大多数电视剧里出现的"温柔的母亲"的形象那样,有好吃的、好玩的你都会第一个想到我,有人欺负我的时候你会第一个出现。但我知道谁也不是天生就有做姐姐的丰富经验,同样作为爸妈宝贝女儿的你,怎么会那么懂事。是的,因为有你,我的童年生活过得无忧无虑。

　　我脑海中,有关我们之间最早、最深刻的记忆应该是你去读高中的那天。从小我们就一直生活在一起,我很依赖你,从没想过没有姐姐在身边的生活是怎样的。在刚知道你考上高中的时候,我只是单纯地为你开心。但是直到你开学的那天，天空淅淅沥沥下着小雨，你拿着行李跟我告别。起初的我还没有什么反应，就在你走出家门后的几分钟，我感觉自己好像一下子长大了，也就是那一刻我发现自己好像要失去什么很重要的东西，于是疯狂地追出门去，嘴里大喊着姐姐。由于年纪很小，妈妈很快就把我拽回了家。我只记得当时的我哭得撕心裂肺。也许这就是你说的，大多数人对于童年的记忆都是一些糟糕的事吧。

在你的多次贴心开导下，我还算平稳地度过了初中叛逆期，而高中同样是你让我顺利跨越人生重大转折点。同样是你的鼓励支持和经验传授，让我披上一身盔甲，不再是那个害怕孤独，遇事就哭、遇到困难就退缩、遇到挫折就乞求安慰的小女孩了。我终于懂得：有些事自己不去经历，也许永远都不能感同身受。但是在你面前，我会卸下盔甲，跟你吐槽，寻求你的意见，还是会不坚强，还是会做错事惹你哭。而你无论多忙，也都会记得我说过的所有话，都会挤出时间来处理我的事。直到你嫁为人妻，生了宝宝之后，我好像对你来说没那么重要了。你开始注意不到我的情绪，开始忘记答应好我的事情，这让我对心目中那个有求必应的完美姐姐有了新的感受。不是失望，更多的是失落和害怕。

我知道，你有了新的家庭，有了更多要去照顾的人和事，但是我还是一时接受不了。这一切，让我变得十分敏感。我害怕戳破我们之间不知从什么时候形成的隔阂，我也曾经尝试故意去引起你的关注，而你仍然无动于衷。那段时间，我想了很多。对于朋友，我可以独自勇敢地面对失落，但你是我最亲近的姐姐，我怎么舍得失去。于是我鼓起勇气，拿起手机编辑消息，可写好又删，删完又写。我很怕自己的某一句不恰当的话会让你生气，会让你真正忘记我。我也怕我收不到你的回复，或者收到类似"我们以后真的不是一家人了"的消息。但幸运的是我的那番肺腑之言让你重新想起了我，又让我感受到了来自姐姐的那份久违的温暖。我知道你现在的精力有限，不能像以前那样关怀备至、无话不谈。但那段反省的日子，让我明白你的心里一直有我，只要我有请求，在没有失忆的情况下，即使时间上会慢一点点，你也会无条件地答应我并做到。

前段时间看到一场辩论赛，辩论的主题是"妈妈是超人，这是不是对妈妈的赞美？"最后反方"不是赞美"赢了，我也很赞同。我觉得也许可以举行一场主题为"姐姐是超人，这是不是对姐姐的赞美？"的辩论赛，我也一定会站在反方。姐，我希望你以后可以不要做我的超人了，也同样不要成为一个超人妈妈，因为你的宝宝有很多人的疼爱。我也暗下决心，以后会把你对我的好，加倍地变成我对你和宝宝的好。

姐，我想你了。因为疫情的原因，这恐怕是我们第一次这么久没见面吧。等到春暖花开，再次重逢之日，我们互道一句：最近过得开心吗？身体健康吗？

祝你及家人们身体健康，开心幸福。

妹妹：肖程琳

2020 年 2 月 28 日（16 点）于湖南宁乡

友谊天长地久

2018 级会计学专业本科生

1803 班　杜三春

亲爱的 C 春林：

见信好！

2015 年的那个夏秋之交，我们的故事自此拉开了序幕。

七月流火，九月授衣……高一开学后的军训，烈日当空，一个个身着迷彩服的学生列队在操场站军姿，痛苦、闷热、眩晕，是烈日下的我的感受。我记得，你站在我的斜前方，早上十点的时候，你的影子正好落在我身上。尽管跑道不够红，草地不够绿，可是那个仰头微笑眼睛微眯的你好看至极！你的牙齿洁白，闪着阳光！

高中校园青春的三年，我没有热烈张扬的爱情，但是我遇上了细腻长久的友情。我们从一开始的不熟变成那么那么亲密的朋友。回想起来，我的青春回忆录里都是我们的笑脸。人们都说，欢笑过，吵闹过，癫狂过，才是青春无极限。但我们都是内敛的人，我们的友谊是涓涓细流，润我心田。我越来越笃定地相信，这是命运的安排，没有早一步，也没有晚一步，时间无涯的荒野里，我们遇上了，这份友谊，天长地久。

曾经的我们，总是一起手牵手。你家住校后门，我家住校前门，不能一起上学，那就放学后一起绕着学校散步几圈再回家。我们互相说着经历的笑话或糗事，接着对方才懂的话茬儿，一边说一

在欢乐时，朋友认识我们；
在患难时，我们认识朋友。

边手舞足蹈，再相视而笑。记得有一次，我们不知道什么原因生气不说话，第二天你来哄我说"我叫你一声你敢答应吗？"，我顺口便接"金角大王！"哈哈，我们这对二货姐妹花。

我们也手拉手在学习的康庄大道上一并前进，你督促我拉起英语这条瘸腿儿，我帮你熔化物理这坨硬铁。我们都喜欢婉约派诗词，《花间集》我们耳熟能详，诗经的《风》篇也能随手拈来。记得我们经常玩的游戏就是诗句接龙。我说，春水初生，春林初盛，春风十里，不如你。你说，三春戴荠花，桃李羞繁华。我们经常去的地方是学校的报刊亭，买上一本《读者》《萌芽》，偶尔捎一本娱乐报。我们也经常一起开动大脑，除象棋围棋外各种棋艺精通，魔方也转得飞，自称为《最强大脑》下期嘉宾，觉得自己酷炫极了。我们经常一起做手工，编编手链，压压书签。说起书签，最好看的要数我们做的樱花书签了。某天下午，我揣了一些樱花花朵来找你，你笑骂"你个窃花贼！"我说"读书人的事怎能算偷，况且我是从地上捡的"……我想男生一定不理解，为什么女生上厕所都要和好朋友一起。或许我们只是想走在一起傻笑，一起说一些怕瞬间就会忘记的笑话，又或许，我们害怕离开彼此那么一小会儿的孤独。

在习题和你的陪伴下，高中时光匆匆，转眼我们已毕业，来到人生的分水岭，真的要离开彼此了。你选了外语专业，去了杭州，我选了会计学专业，来到长沙。近九百公里的距离，让我们只能在寒暑两季相聚。而今年的这场新冠病毒大肆横行，人人如履薄冰、如临深渊，我们的相聚也变成难事。然而互联网让距离不再是问题，不能见面，我们也可以经常视频聊天。我喜欢从镜头里看你笑，喜欢和你谈天说地，从诗词歌赋到人生哲学，喜欢和你分享我懵懂的小心事和我美丽的花裙子……有句广告词说，总有一个人，分享你的世界。我想，你就是这个人，分享我世界的点点滴滴。恭喜你获得一张来自我的碎碎念卡。

我说，我们的友谊已由在建工程转为固定资产，在余生里慢慢折旧；你说，You are my today and all of my tomorrow……我们在各自喜欢的领域埋头苦学，充实自己，不要再做需要祖国呵护的花朵，而要成为祖国坚实的后盾。在这个特殊的年里，我们除了遵从号召减少外出、戴上口罩、勤洗手、勤消毒、强健体魄外，还能投身于疫情防控保卫战中，做个志愿者发挥自己的光和热。勇敢的少年，快去创造奇迹！

言有穷而情不可终。

愿岁岁常欢愉，年年皆胜意。

你的朋友：杜三春

2020 年 2 月 16 日于湖南永顺

勇敢的逐光者

2018 级会计学专业本科生

1803 班　张子婕

妹妹安子：

　　近来还好吗？

　　几日没有你的消息，爸妈和我都挺着急，但转念一想：没消息也算是好消息吧。本想与你通话，又怕你工作繁忙抽不开身，就把想说的都写下来发给你，等你有时间就看一眼。

　　今年的春节属实不同于以往，新冠病毒肆虐横行，形势十分严峻。前几日还能见到行人步履匆匆，如今只剩空荡的大街。除夕那日，你告诉我你已自愿申请奔赴疫区时，我的心中实在是五味杂陈。我是生气的，也是害怕的。我想到隔壁楼栋有位老人确诊感染了新冠病毒，第三天便过世了；我又想到新闻里报道的确诊病例，不由心惊胆战。你却告诉我，疫区有更多和隔壁楼栋一样的老人，还有很多如我们这般年纪的年轻人，支撑着一个家庭的中年人，他们本可以继续生命，却可能会因为短缺的医疗资源而熬不过这个冬天。那日你好冷静，将我当孩子哄，交代我消毒和防护工作，又让我照顾好爸妈，先别把这件事告诉他们。我啊，自然懂得这些道理，但那一颗心跳得太快了，我害怕。我怕你被感染，怕你被极端的病人伤害，怕你的身体承受不住没日没夜的高强度工作。我在对话框里写：别去好不好。短短五个字，我写了删，删了写，折腾到你下线，还是没有发出去。

除夕那晚，年夜饭都上桌了，左等右等等你不到。爸妈问我，我说，安子加班呢，不知道什么时候能回来，安子让我们先吃，别等她。我自认演技不错，爸妈也信以为真。可你知道吗，当我开始洗碗时，妈妈进了厨房，将门一掩，话还没说，眼泪先涌了出来。她拉着我的手就问了一句：安子是不是上前线了？

安子，你看。

我们都知道你，你从小就主意强，又聪明，参加大大小小的比赛、竞选，奖状贴了满一墙，你一直是我们的骄傲。当年高考报志愿，你说要学医，我们出于各种考虑，劝过你。可哪里能劝住呢，这是你打定主意的事。我一边认为医务工作者都是高尚的，一边又不想你去直面工作的危险和苦累。爸爸妈妈给我们取乳名，我是平，你是安，我们的名字合起来就是简简单单的一句"平安"，就是他们最大的心愿了。

前夜夜半噩梦，梦见你那边出现了不好的事，惊醒过来，冷汗浸透衣服。醒来拿起手机看看新闻，疫情确诊人数还在增加，口罩脱销，我难以入眠。窗外漆黑一片，平日里那些店铺外闪烁的霓虹灯都消失了，只有寒风呼啸着划过玻璃，像一声声无助的哭泣。

我想你，发了疯一样地想你。我在所有社交软件平台上寻找你的消息，最后，在你的一位同事的相册里看见了你。你们穿上了厚重的防护服，戴着口罩合影，我看到你们都把头发剪短了。之前你和我抱怨自己的头发长得很慢，一直留着不敢剪，都有些分叉了。安子，你知道吗，在那个寒冷漆黑的夜里，我看着那张照片，看着你短短的头发和口罩外边弯弯的眼睛，我突然真真切切地感受到了一股强大的源自你的力量。我想我理解了你：你在冲锋，在死神手下抢人，在做自己认为必要的事，义无反顾，不问归途。我的妹妹像最健康的树，躯干挺直，用枝叶为他人遮挡风雨。

　　我的妹妹长大了，长成一个光明挺拔、善良勇敢的人，长成了最值得我们骄傲的模样。

　　安子，我们都很好，每天都宅在家里，合理饮食，开窗通风，注意卫生，出门一定会戴口罩，远离人多的地方。再过几天就立春了，这个寒冷的冬天必将过去。安子，你也一定要注意安全，要平平安安地回来。年夜饭做了你最爱吃的麻婆豆腐，你没吃到，等你回来，我再补给你。

　　祝早日凯旋！

挂念你的姐姐：张子婕

2020 年 1 月 28 日于甘肃嘉峪关

我亲爱的妹妹，你长大了，长成了一个光明挺拔，善良勇敢的人，长成了最值得我们骄傲的模样！

天使的翅膀

2018 级工商管理专业本科生

1804 班　陈荣庆（中国澳门）

亲爱的母亲：

　　您好！

　　时光流逝，童年渐远，我已慢慢长大，从那个懵懵懂懂的小男孩转眼间变成了风度翩翩的青年。

　　从小到大，最最让我感到骄傲的事情就是，您让我有幸在新中国成立五十周年的国庆节当天出生。这也成为我从小到大向身边好朋友炫耀的资本。我不厌其烦地问您是如何做到的，您却无数次给我白眼的情景至今仍历历在目。您可能没发现，我在您的眼神后面，也感受到了您发自内心的那股子骄傲和自豪。

　　母亲，我真的觉得自己特别的幸福，因为我有一个明理大度而又独具慧眼的母亲。您紧跟潮流，总是能给您没有时尚眼光的儿子买到很潮的衣服。不论我做什么事情，您都会尊重我的意见，包括选大学，也是您支持我选择报考心仪的千年学府——湖南大学，真的很谢谢您！

　　一转眼，大学生活已经过去一年半了，能够有幸加入湖南大学工商管理学院这个大家庭，我真的觉得很开心、很幸福。在这里我遇到了很多良师益友，更重要的是遇到了生命中的那个她。只身求学，远离他乡，这对于您如此独立的儿子来说不算什么，当年的小男孩已经可以站起来，帮您撑起头顶的这片蓝天了。"江水三千里，家书十五行。行行无别语，只道早还乡。"儿子心拙口夯，虽然我们微信交流不是那么密切，但每每下课后，在安静的寝室，儿子总是想起您，一切深情都在心中。有时候我想到您工作那么辛苦，腰那么不好，真的很心酸，想早点回家赚钱，帮您一起分担。其实从十八岁成年开始兼职到现在，您的小男孩已经渐渐长大，我也想为您分担，为我们的家分担。

今年突发的新冠肺炎疫情让本该返校求学的我能在家多陪陪您。现在已是凌晨六点，但提笔之时却又不知从何写起，二十年来的滴滴点点和我们之间的默契，让很多事不必诉说。"慈母倚门情，游子行路苦"，我已经长大了、懂事了，您可以放心了，真的不用担心我。孩儿不能常伴身边，反倒是您要自己注意身体，照顾好自己。一封家书让我彻夜无眠，思绪万千。我小心翼翼地敲着键盘，怕吵醒辛苦了一天还在休息的您，您也一定没想到，儿子整夜没休息就是为给您写封家书吧。

母亲，您是春天里的和风，送来丝丝温暖；母亲，您是夏日里的冰激凌，带来透心凉的快乐；母亲，您是秋天里的红叶，倾尽满腔热忱养我育我；母亲，您是冬日里的毛毯，呵护和温暖着我。母亲，您就是守护我的天使，张开翅膀，时刻呵护着我，让我永远没有烦恼，让我永远幸福快乐。

母亲，您是我的光荣和骄傲，我会永怀感恩！爱您，亲爱的母亲！也祝您永远幸福开心！永远健康快乐！

此致

敬礼！

您的儿子：陈荣庆

2020 年 3 月 6 日于澳门马场大马路

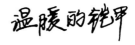

温暖的铠甲

2018 级会计学专业本科生

1805 班 黎 莉

亲爱的爸爸妈妈：

　　你们好！

　　归家至今已近两月，因疫情影响而格外漫长的假期，意外地给予了我们三人更多的相处时间，也让曾经一直忙于学业的我，有机会再次深入你们生活的晨夕。从琐碎的生活细节中，我望见了家庭的平凡底色，也终于了然你们从始至今的温情。

　　我们仨都不善言辞。自打我记事以来，我们都没有给彼此留下太多的言语空间，细细碎碎的话语都融进了生活的点点滴滴。虽然没有太多正式的信件，但你们对我的教育却也融入我的血液中。从童年时的"尊重师长、诚实守信、礼貌待人、珍惜粮食"等基础而重要的规矩，再至青年时的"认真学习、承担责任、明确目标"等通俗却难以做到的道理，你们传递得不多，却让我掌握得很好。我曾经在心中责怪过你们对我的学习生活不太过问，如今才明了：你们在我咿呀学语时的言传身教，已足以让我把握自己的方向。

　　记忆中你们给我写过的唯一的一封信，是在高考百日誓师时。每位家长都把信投进信封里，再由老师抽取，同学们自己朗读。看着身边的同学一个一个接过爸爸妈妈写给他们的信，并从容骄傲地念出来，我却五味杂陈。平时与你们没有过多交流的我，既期待又难为情。我实在不知道你们会在信里和我说些什么。可戏剧性的一幕发生了，直到信箱空了，我依然没有拿到信。我提着的心突然迅速坠地，像是松了一口气，可同时，眼泪却在眼眶中迅速决堤。

再后来，属于我的信被找到了，它静静躺在信箱的最底下，与信箱融为了一体。我没有选择朗读，因为我知道，自己一定忍不住泪水。可信中的内容，我至今依然记忆清晰："这么些年，爸爸妈妈没有给予你太多的帮助，可你依然成长得十分优秀。我们感到非常骄傲。在你未来的人生中，爸妈也不能给予你十分有意义的指引，可是无论你选择什么，我们永远都会无条件支持你。"

曾经，我对你们有过埋怨与误解。直到现在，逐渐长大离家在外独自求学的我，才渐渐明白，其实你们给予了我很多很多东西。你们教会我善良，教会我正义，教会我怎样对自己负责，也教会了我怎样宽容……

我逐渐释怀，我是第一次当孩子，而你们，也是第一次做父母。

晚上吃饭的时候，妈妈在厨房忙碌。我突然想起上个学期在学校食堂吃饭时，看到来给孩子送饭的母亲，恍惚间红了眼眶……

"远梦归侵晓，家书到隔年。沧江好烟月，门系钓鱼船。"诗人羡慕门外沧江的烟月，渔人船只就系在自家门前。而离家在外的我，真羡慕家在长沙的同学，父母就近在身边。

疫情结束后，我又要独自踏上属于自己的旅程。我知道我一定会温暖坚强而一往无前，因为你们是我的铠甲，你们给予我最有力的保护与最强大的力量。

虔请康安！

爱你们的女儿：黎莉

2020 年 2 月 28 日于广西百色

纸短情长

2019级会计学专业本科生

1904班 杨晓娜

亲爱的爸爸、妈妈：

　　展信好！

　　在我写这封信之前，手指在空中停了多少时间，你们知道吗？心中藏了无数的话，一到嘴边却又支支吾吾。这大概就是中国人的特性吧。将万种情深埋在心底，就像你们对我那样。但我想让你们知道，我明白你们以"润物细无声"的爱浇灌着我，同样我也那么深切地爱着那么爱着我的你们。

　　就在刚刚过去的一年，我经历了高考，第一次离开那个从小长大的地方，成为令你们骄傲的大学生。我们之间有每日必需的问候，相互报告着生活中的琐碎和不知从哪里听来的八卦。我不会隐藏不开心，因为你们总是我烦恼的倾听者，学历不高的你们总能说出一堆令我无比信服的道理，让我觉得所有的大人成为父母后，都有资格成为哲学家。你们告诉我忍耐不是纵容，而是解决问题的智慧；你们告诉我宽容是一种高度，理解是一种境界；你们告诉我乐观是一种态度，不因小事生气，不因事小不为；你们告诉我胆小是人之常情，但责任是担当，勇于承担就是一种勇气。我很喜欢一句话："知世故却不世故。"你们让我学习为人处世这些如何生存于这世界的大道理，我知道你们也学了很久，因为那些你们曾犯下的错，就是你们学习时遇到过的坎。可是我会告诉你们，不用担心，因为那些坎最终也会绊倒我，给我补上记忆深刻的一课，然后我必会爬起来，慢慢成长，长成像你们这样的扛得起重任，受得起挫折，学会考虑生活中的柴米油盐，同时不忘新时代青年的责任与担当的人。直到现在，我也无法用更华丽的辞藻描绘母爱的细腻，父爱的深沉，因为我们都太平凡，过着太平凡的生活，做着无数父母和孩子都在做的事情。可你们让我相信作为普通人的我们也可以不平凡。

你们都是普通岗位上最普通的员工，你们知道自己在尽心尽力地干着一份最普通的工作，却依然是整个汪洋大海中必不可少的一滴水。爷爷常常把一句话挂在嘴边："雷锋同志说：'我是一块砖，哪里需要哪里搬。'"你们不曾把家国情怀挂在嘴边，却为身为中国人骄傲，为中国的富强自豪。身为青年人，我更应把家国情怀放于心中。面对现在仍在全国肆虐的新冠病毒，全国各地涌现出了一大批"逆行者"，这些担起国家重任的人不乏 90 后，他们成为被无数人永远铭记的战士。我问你们："如果有一天我变成他们中的一员，你们愿意吗？"你们半晌没有说话，然后慢慢说："时代终将是年轻人的，国家的使命也应该由你们来担当，先国后家是老祖宗传下来的啊。"这时我已知道，我终将成为你们的骄傲，你们也永远是我的骄傲。你们教会我对国忠诚，对自己的内心忠诚，让我知道怎样不平凡。

看见了吗？屋檐上的雪花又化了，春暖之时不远了，一切的一切都在慢慢变好。我知道成长的路上我会无畏无惧，因为家始终会是我的避风港，回头，我总会感到家的温暖。那些道理我会铭记，你们平凡的伟大我会一直学习。

敬请康安！

你们的女儿：杨晓娜

2020 年 2 月 26 日（22 点）于甘肃金昌

2019级会计专业

硕士研究生　樊晓璐

亲爱的 Cindy：

　　好久不见，虽然我们每天会在微信群里聊天，但我想，以这样一种正式的方式收到家书，你一定很惊喜。这是我们相识相知的第一个寒假，可遇上了突如其来的新冠肺炎疫情，而你又在疫情最为严重的湖北省，这让我很是担心。所以在疫情刚暴发的那几天里，我每天睁开眼睛的第一件事情就是看一看我们四个室友所在地区的疫情，所幸大家都安然无恙。

　　两处春光同日尽，居人思客客思家。家永远都意味着美好与幸福，是我们的精神寄托。还记得每次下课，我们都会说"回家吗？"是的，我们从四方齐聚湖南大学求学，在学校，宿舍就是我们的家，那里承载着我们的喜怒哀乐，记录了我们一起度过的美好时光。在家里，我们熬夜赶论文，我们准备惊喜庆祝生日，我们围坐一圈玩游戏……开心的、疲惫的、忧伤的，一幕幕都将成为我们最美的回忆。在过去的五个月中，我们每天待在一起，除了参加各自导师的会议和组织的工作，我们每天在一起的时间平均有 20 个小时。但自从我们放假分开后，已经有一个多月没有见面了，见字如面，希望你一切安好。

　　席慕蓉的《回眸》写道："佛说，前世的五百次回眸才能换得今生的一次擦肩而过"，而我们四个是多么的幸运可以入住一个宿舍。我们的舍友，用一个词总结就是"均衡"。两个北方人，两个南方人；我们平均地分在一个专业两个班；就连做游戏随机站位报数分组也可以两两一组，从不孤单。在随机的抢宿舍大战中，能够和大家进入同一战壕，我觉得我打赢了这场仗。我很庆幸可以遇到你、Lillian 和 Jennifer，是你们让初来乍到的我感受到温暖且很快适应了新的生活环境；是你们毫不吝惜地告诉我问题所在，帮助我改正；是你们用包容教会我成长。得友如此，我又何求？

Cindy，你是一个在意别人感受，处处为他人着想，有思想、有正义感，还很努力的女孩子。你的热情可以感染每一个人，激励着大家一起前行。虽然有些时候我们会因观点不同而激烈讨论，但后来我明白了，我始终站在自己的角度去思考问题，没有站在对方的角度去思考。我需要反思，因为只有反思才会成就更好的自己。我相信你会实现自己的理想，做自己想做的事，获得幸福。所以希望我们在接下来的研究生学习阶段一起加油，顺利毕业，找到自己理想的工作，成为对社会有用的人，成就最好的我们。希望毕业之后的我们永远记得我们共同的家，记得我们这些家人，不管有怎样的风雨，我们的家都是坚强的后盾。

在这特殊疫情之下，你可能会比其他同学晚到学校，但请不要烦恼，要记得，我们一直与你同在，我们都会等着你、陪着你。等疫情过去春暖花开时，陪你去吃你喜欢吃的食物，去看我们还没有一起看过的风景。

即问近好。

友：晓璐

2020 年 2 月 23 日夜于山西忻州

盼归

2018级会计学（ACCA）专业本科生

1801班　杨林易

亲爱的老爸：

　　您好！

　　突然收到我的来信，有没有一点点小惊喜？毕竟上一次给您写信，还是两年前呢。倒也是，以咱俩平日无话不谈的关系，本是用不着写信的。但或许仅仅是为了纪念这一段您不能陪在我们身边的日子吧，所以还是决定写封信，和您聊聊我近来的感受。

　　今年过年本想着一家人能在一起好好待几天的。可天有不测风云，因为新冠肺炎疫情暴发，您单位不得不提前上班。于是您马不停蹄地走上抗疫战线，而我则不得不与您暂时分离。想象中，咱俩能好好交流一下的计划也就搁置了。不过呢，只要思想不滑坡，方法总比困难多。喏，您的邮件已到库，请及时批阅，嘿嘿嘿。

　　从正月初三开始，我们便少有见面了。大抵是您不愿意把危险带给我们，而我们也不想让您分心，所以从您工作开始，我们便全部留在奶奶那儿，而您则是独自在家。也是从那时起，和您相见就变成了您送菜回来时家门口的一见；后来又变成了只能在小区门口隔着阻拦物接东西时的一见；现在，则只能在您晚上下班后通过视频聊会儿了。还记得以前没事时和老妈聊天，因为我经常提到您，她还跟我开玩笑说：别人都说儿行千里母担忧，到你这怎么就变成了儿行千里忧老爹了。现在倒好，不用千里，在家我就挺担心您了。

其实当我得知您在做防疫工作时，还是有那么一丝丝骄傲的。别人能安心在家，是有人正为他们负重前行，而我的父亲就是其中一员。可您也知道我的性格——有点小家子气。大概我的第一愿望就是咱们一家能够平平安安吧，所以我又有些不希望您天天在外奔波。虽然您不需要出入医院这样的高危场所，可每天巡逻、蹲守重灾防区，总是免不了和人接触。即使您不说，我也知道其中的风险。虽然我也没说，但还是希望您知道我和妈都担心着您。就像我妈经常跟您吵的一样，您把工作放得太前，对家里的事倒是不上心。您和您的工作啊，可不就像那鸳鸯，那同心结，拆不散，剪不断。不怕告诉您，有时候我还真就想把您关在家中，只求您能平安无恙，陪在我们身边。

可我知道这是一种不切实际也不负责任的想法，也知道您不会同意。因为您一直信奉的就是在其位，谋其职，遇到困难总得有人顶上去。或许您不是真正的大无畏。但哪怕再困难，只要是您的任务，无论如何，您都会履行好自己的职责。这的确是我一直崇拜您的地方，不过这也是我一直担心您的原因。

您性子倔，有原则，所以作为您的儿子，我不会劝您回来。但我想让您知道，家里一直都有人在等着您回来，也一直有人在担心着您的安危。所以咱们约定好，我负责照顾好老妈和奶奶，而您自己在家也要照顾好自己。待疫情解除，您早日归家，咱们一家三口围炉夜话，阖家团圆。

祝身体健康，平平安安。

担心您的儿子：杨林易

2020 年 2 月 26 日（12 点）于湖北襄阳

亮哥：

　　展信佳。

　　日月不居，春秋代序，白驹过隙，光阴荏苒。自从你去军校，别过已然数年。春节适逢你回家省亲，后来又因疫情而匆匆别离，故而留下许多遗憾。今日以家书一诉衷肠，不啻面见亲谈，了却一桩心事。

　　听说我婴儿时每当你抱我，我便格外安静，好像天生就和你有着某种缘分。你是我口中的那个"胖哥哥"，我总是喜欢屁颠屁颠地跟着你，你在哪里我就在哪里。有你的陪伴，我在老家就是一条街上当之无愧的孩子王。后来我也曾叛逆过，呵斥家人，也因此不受众人的喜爱，而你仍然对我那样得好，你说你是我哥哥，这是无法改变的。我的心里就算再叛逆也被这一把糖霜喂得惭愧。后来你的学习变得繁忙，我知道，那是高考，人生的一场短跑。你的身体日渐结实，但话语变得寥寥，只有脸上的笑容如故。

　　人生如逆旅，你我是行人，我们很快聚少离多。

　　高考结束，你来宁波游玩了数天。那个暑假，我们倒比平日里见得更多。曾几何时，你进入军校，因纪律严明而少能交流，我也逐渐学业繁忙，淹没于满目累牍之中。闲暇之时常常会想，曾经在我心目中那样优秀的亮哥，现在又过得如何呢？来不及太多思虑，对未来的担忧很快如奔浪袭来。而我后来得知，你始终在网上通过我父母问询我的现况，这令我感动不已。

你早就是一名军人了。我知道，作为一名军人，你的责任重大。但是我又怎能不去担心你的现状呢？这段时间，武汉突发新冠肺炎疫情，我也因此取消看望你的行程。在整个湖北都警戒森严的时刻，你应该也在某处岗位上挥洒着自己的汗水吧。在国家最需要我们的时刻，军人甚至我们每一个人，最后会变成一个数字，一个编号，一个有血有肉有情感、重情重义重国家的编号。作为家人，我们知道一旦有各种紧急事态突发的时候，你又会被指派到危险的地方去，默默发挥着自己的力量。

你的笑脸，种在所有亲人心里，那是一张光芒四射、温暖一切的笑脸。现在，这张笑脸依然常常展露吧？你总是习惯了去支持别人，去帮助别人，家里人都说你呀，太憨，不是当领导的料。可是我明白你，那只是对真正想要保护的人的善意罢了。我常常想，这样才算是一个男人吧。你总能够让身边的人都安心，有你的生活的确更甜蜜更美好。在这一点上，难道不值得我努力去向你学习吗？

我一向认为：天下兴亡，匹夫有责。我也常常想，我人生中遇到过那么多的人，那些遭遇困境的人，那些家境贫寒的人，那些梦想失败的人，他们都在努力抗争。而我，如今考入了一所不错的大学，能够实现我的梦想，我想，我很幸运。同时，我也会想，我的一切成长和努力难道就仅仅是关乎我自己吗？从我踏入高等学府的那一刻起，我就必须承担更大的责任。在中国，我看到，不同的颜色——绿色的军装、白色的大褂、红蓝交织的救护车灯……璀璨地汇集到"九省通衢"之地，最终拧成救援之力。我的羽翼还没有丰满，但是我也真的，真的想像你一样，投入其中。

知我者，谓我何忧；不知我者，谓我何求。还好我知道，你一定能理解我所说的，能理解我相信国运昌盛，而我们皆愿为之奋斗的心情。春节过了，春天很快就要来了。我们暑假一定会见面的吧，就这么约定着，疫情也好，人生的旅途也好，最后都会朝着好的方向发展的，一定。

"无为在歧路，儿女共沾巾""海内存知己，天涯若比邻"，我们皆奔向不同的星辰大海，但只要志在一起，又何必时时相见呢？雨打芭蕉声中，舴艋舟亦载不动的分离忧愁，最终会沉没在心中的某个角落，而为共同志向所奋斗的我们，最终将宣告着趋同的成长与美好。

待得云卷云舒，再与你面叙！

弟弟洗凡

2020 年初春于浙江宁波家中

特殊两年
特殊的信

2019级会计专业

硕士研究生 杨 柳

亲爱的爸爸妈妈：

你们好！

2019年是幸福的一年也是悲伤的一年。我一直很庆幸，觉得自己的命特别好，你们也一直以我为骄傲。经过大学四年的刻苦努力我成功保研到湖南大学。或许与别人相比，我不是很优秀，但我确实已经尽我所能做到最好。从大一哭着和爸爸说我不想读研，到最后意识到爸爸的想法是对的，我变得更相信爸爸，更依赖爸爸。一个人在外面待久了，慢慢地发现爸爸为人处世的方法、生活态度都很值得我学习。虽然爸爸没有什么文化，但不得不承认爸爸在做人方面真的做得特别好！我很自豪我有一个好爸爸！我和妈妈一样性格比较内向，不善言辞。但远离家乡在外学习了这么久，我觉得我还是进步了。不能说变得很开朗，但也变得没有那么内向，我在努力学会和别人主动交流，用你们教予我乐观积极的心态学习生活。

记得有天和你们视频聊天，爸妈开着摄像头但没有开灯。我说黑乎乎的我什么也看不见，你们回答我说你们睡了，所以没有开灯。那天我还很高兴地和你们聊着我的生活日常，突然妈妈问我："你觉得妈妈的命好不好？"我说："你的命可能不好，但你女儿的命好。哈哈哈……"然后妈妈便唉声叹气地说:"唉,是,你妈的命不好……"那时候我只知道妈妈前不久做了手术,但爸爸说没什么大事,我便信以为真了。这个学期爸爸变得很奇怪,总是问我什么时候放假,什么时候回家。我以为他是想我了,可能照顾妈妈太累了。

放假前,我得知姥爷去世了,考完试我就坐车回家,让我没想到的是,还有更糟糕的事情在等着我。在从火车站回家的路上,爸爸告诉我妈妈患了癌症。那一刻我才明白为什么你们一定要去北京看病;为什么妈妈做完手术一直没有恢复,一直不能干活;为什么你们和我视频时不肯开灯;为什么我们一家人聊天的群里妈妈再也不说话了……回家后妈妈戴着帽子,她告诉我她没有头发了。我不知道怎么安慰妈妈,我怨自己为什么不是一个能说会道的孩子。

这次疫情的交通管制给妈妈的治疗带来不便,但也让我有更多的时间留在家里陪陪爸妈。接受治疗的妈妈很痛苦,忙前忙后的爸爸很辛苦,我什么忙都帮不上,能做的只有陪伴。爸爸妈妈很抱歉不能留一点钱给将来的我,但其实应该感到抱歉的是我。我都这么大了还需要你们操心,需要你们赚钱养我。我希望你们有你们自己的人生,不要为我考虑太多,我不想成为你们的羁绊。爸爸妈妈,你们为我付出的够多了,不要再为我操心了,我真的长大了,可以照顾自己。我希望你们好,希望你们健康,有你们的一直陪伴才是我最想要的!妈妈,你问我的问题我想重新回答,你的命不苦,你只是比别人多了一种人生的体验,这次体验虽然痛苦但有爸爸和我陪你一起面对,你要快快好起来。爸、妈,我的生活可以缺少很多东西,但不能没有你们。我希望你们可以麻烦我,让我也为你们付出一些。

我爱你们! 5201314!

祝:身体健康! 幸福快乐! 诸事顺利!

你们的女儿:杨柳

2020 年 2 月 22 日(23 点)于内蒙古丰镇市

愿时光再慢些
给最爱的人

2019 级管理科学与工程专业

硕士研究生　曾福平

亲爱的爸爸妈妈：

你们好！

这个春节，很特别但也很幸福。由于新冠肺炎疫情的暴发，我和你们度过了一个格外清闲而温馨的春节。在这个特殊时期，我经历了十几年来最长的一个春节假期，这大概是上学以来有机会陪伴你们的最长的一个假期。

繁忙的学习和工作曾占据了我生活的绝大部分时间，与你们的交流和沟通变得稀少。也许是频繁的离别，我都快忘记你们也需要陪伴和关心；也许是难得的长时间相处，我心中对你们的感情之火被不经意点燃。

回忆满满，感慨万千，借着这个机会，请允许我用书信的形式，向你们表达我沉寂已久的心里话。

首先，我想对爸爸说，感谢您艰难支撑起这个家。在我的记忆里，您很早就去打工了，每年都只有春节才能回家。小时候我最喜欢过年，因为每到这个时候您就回来了，我就能有很多好吃的，也能有新衣服穿。可那时候的我从未意识到过年也是您最操心的时候，更不知道您为了我的健康成长付出了如此多的汗水。家里大事小事都是您在承担，但是您从来没有一句抱怨。爸爸您辛苦了，您的儿子已经长大了，我能够理解到您当家的不易，也会更加努力提升自己，以后接过您的担子，让您不再那么辛苦。

其次，我想对妈妈说，感谢您二十年如一日的操劳。您克服种种困难，努力给我一个温暖的家。小时候我不懂事，经常惹您生气，不顾家里艰难的条件，任性地向您要钱买零食，任性地把不想吃的东西扔在地上。每次我任性顽皮的时候，您都很生气，现在回忆起来真是让我羞愧万分。妈妈您辛苦了，您的儿子已经不是曾经那个任性顽皮的小孩，我能够理解您的艰辛，也能照顾好自己，希望您多注意身体，别再那么操劳，未来请让我好好孝敬您。

最后，感谢爸爸妈妈给予我生命，感谢你们撑起这个温馨的家。虽然我没有成为富二代，但我知道爸爸和妈妈已经拼尽全力给了我最好的一切，我很知足。请你们放心，你们的儿子已不再年幼无知，我现在有想法也有能力去创造未来。爸爸妈妈，你们辛苦了，我会努力让我们的家变得更好，让你们都过上更幸福的生活。

疫情当前，请你们一定要注意身体，好好休息，你们的健康是我最大的期盼。请相信我，我会努力学习，将来把我们的小家建设好，也请相信我们伟大的祖国，一定能够战胜此次疫情，给千千万万个小家一个稳定和谐的环境。在你们的呵护下，在伟大祖国的庇佑下，我已经茁壮成长，未来的我一定会用我全部的力量回报你们、建设祖国。

爸爸妈妈，你们辛苦了！希望你们身体健康，万事顺意！

爱你们的儿子：曾福平

2020 年 2 月 28 日（15 点）于江西兴国

细数六爷爷的缺点

2019 级工商管理专业

硕士研究生　谭志红

亲爱的六爷爷：

您还好吗？

三年不见越发想念。因为新冠病毒的肆虐，有的家庭在本该团圆的新年中支离破碎。那位在深夜发微博救孙女，自己却不幸感染离世的老人，触动了我内心深处对您的思念。于是我把《人民的名义》这部剧又看了一次，剧中的陈岩石不仅和您长得像，角色性格也像您那么执拗。但说实话，您的缺点可比陈岩石多多了。

有时候，您很固执。记得在我十岁时，爸妈计划去省外打工，又担心没人照顾我，便到老家山上去向您求助，希望您能去我们家照顾我。但您说什么都不同意，说不愿意放弃自己大半辈子开垦的田地和山里逍遥自在的生活。为此，您和我爸争吵不下数次。我十分纳闷儿，让您照顾我怎么就这么难呢？因没法强求您，但又迫于经济压力，爸妈在叮嘱我很多事项以后，还是去了外省打工。当时我已经很独立了，但第一晚我就迎来了最黑暗的时刻——停电，我躺在床上，用被子紧紧蒙着头，不敢随意动弹，一边听着外面的声响，一边想着恐怖的鬼怪故事，就这样把自己吓得一晚上没合眼。天刚亮，我就爬山路奔着您家去了，一看到您，我哭得一把鼻涕一把泪，抽噎地什么话都说不出来。您一边气愤地责骂爸妈太过于狠心，一边收拾东西，搬去村里家中和我同住，照顾我的生活。

有时候，您还有点封建迷信。邻居家的伯伯说他会算卦，闲着没事您就去找他算一算，家里丢了东西您会去算一卦，家里的猪、羊要生产了您也去算一卦……当然印象最深刻的那次还是我高考的时候，邻居伯伯算卦，说我高考能考一个好大学，您为此乐了很长一段时间，还把别人送给您的好酒送到邻居家，以作答谢。您可能以为孙女能考上清华北大吧，毕竟像您这辈的爷爷奶奶知道的好学校就只有清华北大了。高考成绩出来后，我才知道考得不是很好，只能上省内的普通一本。其实当时我已经打算放弃了，想早点出去打工挣钱供弟弟妹妹读书。可是您坚决不同意，也很不服气。您说算命的讲过，您孙女肯定能上一个好大学，能够走出大山，无论如何都要先去上学。为了鼓励我，您还夸我考得不错，要给我奖励，和爸妈商量让我去上大学。临走之前您把包得整整齐齐的三千块钱交到我手里，让我好好学习，别辜负家人的期望。后来您又给我汇了两千块钱，爸爸告诉我，这是您把家里的羊卖了才凑齐的钱。

最让我感到难过的是，六爷爷您还学会了骗人。大二下学期，有一天您打电话说非常想我，希望我能回来看看您。当时我很诧异，因为六爷爷您从来不会说这类肉麻的话。出于担心，我当天就买了车票回去看您。刚到家您嘿嘿一笑，冲着我爸说："你看，红妹子真回来了。"爸爸笑而不语。您说您肺上长了东西，刚做完手术，我再三追问您情况好不好，您笑着跟我说："医生说手术很成功，好好养着，还能活十年呢！"我瞧着您精神抖擞的样子，还有心情拿烟袋敲我的脑袋，也就相信您说的话。可我怎么那么轻易信了您的话呢？在家待了一个星期您就催我回学校，您不允许我耽误太多学习，尤其是在期末考试期间。临走之前，我承诺每天给您打电话，放暑假回来给您买好吃的。您嘿嘿笑得合不拢嘴……后来在电话里，您几乎说着同样的话："我挺好的，能吃能睡，红妹子考完试早点回来……"可我太迟钝了，在和您打的最后一通电话里，我仍旧没能察觉出什么……直到有一天爸爸打电话告诉我，您去世了。

　　每当想起这段我就感到非常难过，期末考试对我来说，哪有您重要呢？您刚走的那段日子，我不敢轻易想起您，不敢轻易谈论您对我的好，觉得自己不孝，没能见上您最后一面。三年过去了，我才渐渐接受了这个事实。这个世界上再也没有六爷爷给我买大箱的方便面了，也没有六爷爷偷偷给我零花钱了，我只能永远在心里感恩您当初的坚持和鼓励。

　　现在，您已得偿所愿，孙女真的进入了更好的大学，继续攻读研究生学位。但未来不止于此，您对我的期望一直是我前行的动力，待我学有所成，我会为家庭、为社会做出更多贡献，请您放心。

　　祝您那边一切安好！

您的孙女：红妹子

2020 年 2 月 28 日（22 点）于湖北巴东

姐：

弟笔于二〇二〇年二月十二日，即择善的满月之日。

往年的家书都是呈给爸妈的，今年家书我觉得该寄给你了。

今天晚饭后，我与爸妈闲聊谈到你时，我想起有一次我俩与爸妈的辩论，聊的是婚姻与家庭的本质。当时的结论是：我俩的经历都还甚少，许多论点只能立足于自己对未来生活的假定。想必这一年零一月来，你对这个论题又有了更加深刻的理解吧。你有了新的小家，还在一个月前有了小不点儿。无论是婚姻，还是家庭，你都应该有了更多基于实际经历提炼出的经验可以同我们一起分享了。可惜现在处于全国一心抗击疫情的关键时期，我们只能各自宅在家里，或者更具体来说，我俩的畅谈需要向后放一放了。

去年期末考试完毕，我本来是准备在学校待上一周，和同学朋友们一起好好逛逛长沙的。毕竟已在长沙待了五年多，外地同学来长沙，找我当导游时，我总不能一直往五一广场指不是？哪知"长沙熟悉计划"刚执行到一半，你肚里的宝宝就按捺不住想要看看她妈妈待的这个世界了。在我揉着眼睛洗漱，准备和高中朋友见面时，一个电话就让我的动作加速十倍，一方面是欣喜，另一方面也有对你身体的担心。我想起你之前怀孕期时话语间透露的对生产的隐忧，更是不敢慢下回家见你的脚步。

　　在产房里见到你安然无恙还故意嗔怪我干嘛一定要回来时，我真是又好气又好笑。你笑着聊起你给宝宝取名择善，说这其中有一些典故来源，还有一些欢快的小插曲。我觉得你有点逞强，这些都是你在向我表示你没有任何不适。但是在走廊里我听妈说，你坚持顺产，顺产过程中还在无麻药状态下挨了手术刀。我愈发觉得母爱的伟大，也佩服你的勇敢。那时你好像不再是我姐姐，而是以一个刚刚成为母亲的年轻女子身份出现在我面前。后来，妈问我为什么一回来不怎么关心宝宝，却一个劲儿问你身体状况。其实我也在想为什么。可能是因为我与择善的情感联系是建立于我与你的姐弟关系之上的。于是我打趣地回复妈，我和择善才认识一天不到，和我姐都认识了十几年了。是啊，十几年了，我应该是很熟悉你性格的每一面了才对。但是在这一年零一个月来，你作为一个家庭妻子的一面，还有刚刚作为一名伟大母亲的一面，都是我未曾看到过的。我突然想起，有一次我在家里与妈争辩对错利弊，事后妈说家庭不比课堂，家庭也不比社会，没有对错，也没有利弊，要是真有对错利弊，也都属家庭内部成员维度的。放诸整个家庭，最重要的反而是整体的家庭团结和气。我想当你调解姐夫与他爸矛盾时，也是想起了妈妈说的那句话吧。

　　姐，独立组建新的家庭，又是什么样的一种感受？是远离唠叨与管束的自由，还是有些许失落？从我的视角来看你的独立，就像爸妈尽力将你在物质层面上与这个家分离开来，却在精神层面上与你联系得更加紧密。就如今年除夕你给我发压岁红包，论辈分，我俩一辈，没有你给我发压岁钱的道理。但是你总是习惯在节假日偷偷塞予我一些补贴，想着拉扯一把经济还未独立的弟，减轻爸妈的经济负担。每次我与爸妈说起，他们总是不愿收下你的钱，认为你现在有你自己的小家了，不要还一直顾念着我们。但是最近疫情这么严重，爸妈又会为了你没有每天在家庭微信群里报告身体状况而气呼呼，他们终究是对你放不下心的。

我看着家里你和姐夫的结婚照，与印象中那个爱在校服口袋里揣橘子的姐姐进行仔细对比，感慨爱情与婚姻能如此大地改变一个人。渐渐我觉得，人生可能还有更多的命题是无关学习的，甚至那些才是主题，而我还有些遗憾地未曾了解。

还有许多许多言语，难以一一写下，留待下次见面细细地、慢慢地聊。你若是能在照顾择善之余，写封回信，自是更佳。

此致。

弟

2020 年 2 月 12 日深夜于湖南岳阳

那时你好像不再是我姐姐，而是一个刚刚成为母亲的年轻女子。

隔海遥相望
共待相聚时

2019 级会计专业

硕士研究生　简嘉政（中国台湾）

亲爱的爸爸妈妈：

　　你们好！

　　当你们看到这封信时，远在台湾的你们一定很惊讶吧。因为这是我人生中第一次给你们写信。目前大陆的疫情并不乐观，和哥哥一起留在广州的我，对你们甚是思念。由于在大陆求学，被分隔两岸的我们，往往一年只能见一两次面，我们也一直倍加珍惜一家团聚的时光，也早早在期待与你们共度庚子春节。可谁知这次疫情打破了我和哥哥回去过年的计划，但我们明白，国家是为了保护我们每一位公民，所以我们积极配合政府安排，没有回去见你们。我知道隔海相望的你们很担心我和哥哥，但是也请你们放心，我们已经长大了，懂得如何好好照顾自己。

　　"慈母手中线，游子身上衣。临行密密缝，意恐迟迟归。谁言寸草心，报得三春晖。"每每读到这首诗，我总是热泪盈眶。我就像"游子"，一个在外求学的学子，您就像是"慈母"，一个温柔细心的母亲。记得每次我离家上学的时候，您总是把我的行李箱塞得满满的，生怕把我饿着、冷着，嘴里也总是念个不停。以前我总是嫌您啰唆，现在想来真是惭愧。

爸爸，您总是沉默寡言，正如别人所说，父爱如山。父爱是深沉的，您从不轻易对我们过多表露你的情感，但您默默地把这个家扛在了肩上。记得去年暑假，我在台湾意外出了车祸，您晚上9点多被警察叫去医院，急匆匆地向我的床位跑来。您一贯从容的脸上布满了慌张，见我没什么大碍才如释重负。但不幸的是，跟我相撞的那位六七十岁的老人，断了10根肋骨，并且胃部大量出血，生命危急。从未经历过这种场面的我感受到了前所未有的压抑，我从未经历过如此突然的变故，害怕这次事故让老人丢了性命……正当我不知所措时，您却对我说，"孩子，不怕，有爸爸在。"如此简短的一句话，深深地击中了我的心，您总是为我扛下所有，却又从不把这些挂在嘴边，就像一棵大树为我遮风挡雨。

爸妈，请你们不必担心我们，挂念我们。一直以来，有你们为我们保驾护航，我们在你们的谆谆教诲中日渐成长，亦不再像儿时那样幼稚鲁莽。我们会在照顾好自己的同时，上下求索、一路进步，请你们多加保重。祖国对疫情的有效防控已经得到世界的称道，相信疫情结束已指日可待，那时，我们一家人将会团聚！

人生在世记恩情，父母恩情似海深。在此，孩儿谨借此家书，寄挂相思、抱诚守真、感激恩遇！

你们的孩子：简嘉政

2020 年 3 月 5 日（23 点）于广东广州

薄薄家书传恩情

2019级会计专业

硕士研究生　吴溪岩

我最爱的父亲：

　　您好！

　　您应该记得，我读小学三年级的时候，写的第一篇作文是《妈妈》。十几年来，每次听到妈妈说这件事情，我都会想起那个蝉鸣不止、换气扇嗡嗡作响的下午。当我自信满满地拿着作文本给妈妈看时，她却忍不住笑了起来。那篇作文没有华丽的辞藻，但妈妈却记了十几年。跟小时候写妈妈不一样，这一次我是怀着更复杂的心情给您写这一封家书。

　　您一定很好奇我印象中的您是什么样子的。当我思考这个问题的时候，我才发觉我们有这么多的回忆。在今天，在越来越匆忙的生活中，我们可能忘记了，那个慢节奏的年代里，属于我们父子俩的简单回忆。在外人看起来可能我们很少沟通，一来因为您工作很忙，二来因为长大的我变得话更少。从小到大我都是个急性子，与您难免话不投机，然而您都能看穿我的心思。或许就像妈妈说的，我的性格和以前的您太像了。重拾脑海中记忆的碎片，您是和我一起看啄木鸟的父亲，是和我一起通关坦克大战的父亲，是给我买篮球和滑板的父亲，是和我争论科比和詹姆斯谁更厉害的父亲，是因我考试考砸了不苟言笑的父亲，是一个人可以修好家里所有电器的父亲，是楼房失火后冲进火场抢救设备的父亲，是献血证上盖满了章的父亲……还有很多很多，这般的您藏满我记忆的最深处。

抛开这些，您是一名基层外科医生，像其他无数医生一样，救死扶伤不过是家常便饭。在我印象中，您在接到 120 急救电话后，经常吃饭吃到一半便赶去医院急诊，您经常埋头写病历……还有在医闹的时候，您不顾病人家属腰带里插着闪着寒光的白刃，软硬皆施，最终成功化解危机。2003 年，"非典"暴发，您不仅在一线战斗着，还给一名艾滋病人做了手术。2020 年，新冠肺炎疫情蔓延，您虽退居二线，但并不比一线医务工作者轻松。您知道新冠病毒的可怕，反复叮嘱同事要做好防护措施。物资紧缺的时候，您没有从医院往家里拿过一个口罩，连我从网上买的口罩都被您征用了。您说现在一线更需要，让我就在家好好待着。我只能哭笑不得，您自己兜里的一个 N95 口罩却已经用了好几天。忙的时候，您吃不上饭。我们在家聚餐的时候，看着您在群里发的方便面和面包的照片，每个人都不禁心疼。晚上大家聚在一起看电视和聊天，您还在办公室里总结着当天的工作进展。有好几次，在凌晨两点大家都呼呼大睡时，家中才响起您的脚步声。偶尔回家吃一顿饭，言谈之中，您的脸上总是带着笑容，让人觉得再大的疫情终究会过去。在您身上，我清楚地感受到敬业和责任。这种情感是发自内心的，不论医患关系是否紧张，您依然坚持着选择这份职业的初心。谢谢您，我很骄傲有您这样的父亲。虽是平凡人，您的身上却闪烁着不平凡的光辉，您是我一辈子学习的榜样。

望保重身体。期待着您退休，我们再履行男人之间的约定。

儿：吴溪岩

2020 年 2 月 21 日（22 点）于湖北恩施

心底的梅花
一直盛开

2019 级会计学专业本科生

1906 班　刘千溪

梅：

你还好吗？

昔日梅树下的身影渐渐被风雪填满，你捻过的花瓣在泥土里年复一年。你和我说着落花多么惊艳，眼神里却总有一抹叹惋。

风吹，梅落，像极了你的名字——楚落梅。

"真有那么难过吗？"我问你，"龚自珍不是说过，'落红不是无情物'嘛。""不是无情物，所以才会难过啊。"你说。

你说话时眼睛不曾离开过梅花，眼底升起我不懂的情愫。大雪中你的脸颊晕红，仿佛一朵独立于天地严寒的梅花。你拉着我的手，将院落里寥寥几棵梅树认遍。我惊异于你了解甚多，你只是微笑着告诉我你的家乡是梅乡。

"湘楚之界，梅之所长。"湘楚，湘楚。直到我真正踏足这湘楚之地，才发现，原来你的故乡，这么远……梅，你知道吗，我也来到了这湘楚之地啊，你的故乡。

那个时候，每晚我们都会趁月光跑出来玩。在几棵梅树下，假装自己是花精灵，挥一挥魔法棒，就是一整个世界。白色的月光，轻柔地笼罩着乌葱的树叶。一言不发，于未完工的围墙处静默不语，一袭红裙的你注视着枝干，轻叹梅花未开。而我注视着你的脸："梅花一直都在开啊。"你转身，一笑嫣然。

这里的冬天很冷，却很难下雪，更多的反而是湿寒的雨。这里的梅树也很多，可是在这烟雨湘楚，再也不曾看见过那般嫣然的梅花了，如你一般的梅花。梅，如果你过去在我心里种了一颗种子，那么现在，它早已成为一棵摇曳生姿的梅树。

一年冬天在北京逛庙会时，一排闪亮的小物件吸引了我，那是一排水晶球。其中一个里面放了三朵花，我一眼便认出那是梅花。水晶球饱满晶莹，除却三朵梅花，还细碎地飘着白色颗粒，好像在水晶球内纷纷扬扬地下了一场大雪，又轰轰烈烈地开了一场梅花。我心中突然闪过一抹嫣红。

毕业时，我们谁也没有告诉谁，彼此却偷偷给对方准备了礼物。当两颗一模一样的水晶球出现在我们手中时，我们都笑了。最终竟也没有互相给出礼物。

你倚在长椅，我倚着你，读着三毛。我们都很羡慕三毛和安妮。那两枚相同的木别针，仿佛变成两颗水晶球，代表着跨越时空的默契。

梅花的美丽，正是在寒冷中绽放。你本是留恋故土的梅，却一直在风雪中飘摇。也许你本该和我一样，回到家乡读书，工作。可是电话里传来的是一次次的无奈和欲言又止，直到后来我失去你的消息。

星月归西，燕雀归巢。而你这朵梅花，又寄落在了哪一片土壤啊。

赏梅的雪已至，梅却未曾开了。

但是我的梅花，一直都盛开，在心底的土壤。

你的朋友：溪

2020 年 2 月 26 日晚于河北沧州

此中有真意 欲辨已忘言

2018 级工商管理专业本科生

1805 班 吴 琪

亲爱的爸爸妈妈：

你们好！

"你在这儿的时候，这里有人爱你，这里是你的圈子。你不在这里的时候，这里还有人爱你，那这儿就是你的家。"很感激你们给了我这样一个家，一个时时刻刻为我打开家门的家，一个充满爱和温暖的家。

年少时觉得你们永远都不会老去，爸爸坚毅伟岸，妈妈温柔体贴，而我调皮活泼，一家三口其乐融融。那时的家在梦里好像都是甜的。不知道从什么时候起，爸爸的身影不再高大，妈妈逐渐唠叨，而我漂泊异乡求学，一家三口缺乏交流，欢声笑语越来越少。

离家前的我向往远方，渴望去追逐我想象中更大更美好的世界。可当在异乡求学时，一种无情的思念弥漫，我才意识到我有多爱我们的这个家。

今年的寒假，本来计划在家停留不长的时间，但突然暴发的新冠肺炎疫情，让我多了许多和你们相处的时间。在这两个月里，我们有了大把的时间去做以前想做，但碍于情面或碍于没时间，没有做成的事情。我们像我小时候一样一家三口窝在沙发上看电视，我会缠着妈妈给我做好吃的，也会向爸爸撒娇请求出门采购时给我带点零食回来。爸爸妈妈也像年轻的情侣一般，一起做饭、一起洗碗、一起打扫卫生，没有抱怨和指责，只有责任与分担。

你们开始和我分享以前工作中的乐趣与烦恼，和我探讨有关家庭的重大决定，我也和你们交流关于我未来的发展方向和想法。这些，我们以前竟从未认真谈过。

这次疫情虽然暂时隔离了我们通向远方的路，却成了点亮我们到达彼此心里的灯。

我知道你们已不再年轻了，但你们却是我在这世上看得最真切的人。一个是曾经满腔豪情的诗人，自我诞生后，却绝笔不再写作。我听妈妈说，您也常常在深夜起身翻阅以前的日记本。一个是曾经艳压群芳的美人，自从有了女儿，再也没有买过奢华的服饰。听爸爸说，您也偶尔会翻出衣柜中褪色的舞鞋。你们也曾有机会去追求自己的远方，却为了这个家，选择了放弃和成全。

直到这次疫情我才逐渐明白，家不是梦想的坟墓，家是梦想的延续。父亲不再作诗，却教我读书写字，我就成为最后一首书尽芳华的诗。母亲不再起舞，却教我待人接物，我就成为最后一支踏遍红尘的舞。二十载春秋，一朝离家去。他乡常望远，月似故乡明。梅花落时寄去一封家书，新燕衔来我的思念。道不尽思念，纸短而情长。

爸、妈，好好照顾自己。别担心了，女儿已经长大，已经学会面对外头的风雨，也能看到美好的未来。

谢谢你们！

你们的女儿：吴琪

2020 年 2 月 26 日于四川内江

没有什么可以把人轻易打动，
除了那场底色漫漶的青春。
没有什么可以让人热泪盈眶，
除了那份情不知所起，
一往而深的对祖国的爱。

第三篇

Chapter

爱这场青春
爱我的祖国

03

爱这场青春
爱我的祖国

2019 级会计学专业本科生

1906 班　张婧怡

亲爱的祖国：

　　您好！

　　前几天在知乎上看到一个问题：你为什么喜欢中国？

　　对这样一个看似浅显的问题，我居然一时语塞。因为我从来没想过为什么，觉得这好像是一件不需要理由的事情。

　　71 年的时间，您不再是暮气沉沉、百废待兴，您的青年，不再是东亚病夫。但新故相推，日生不滞，改革未有穷期，奋楫会当击水。时光连接着那个而立的少年与如今古来稀的长者，曲折承载着艰苦与辉煌。

　　在逝川之上凝眸回望，71 年的喜怒哀乐奔涌而来。"节物风光不相待，桑田碧海须臾改。"四十载惊涛拍岸，九万里风鹏正举。您的声音愈加坚定，您的脚步也愈加矫健。在世界新的大背景下，在世人新的眼光里，您正驱势前行，乘时代巨浪，添天下风光。我很荣幸，身处其中，亲见变化。我也曾向往过欧洲、美国、日本。但正是因为去过很多地方，看过很多国家，读过很多书，便深知没有一个国家是完美的。而这 71 年，两万多天，你从筚路蓝缕中走来，完成了一场史诗级的巨变，创造了人类历史上的奇迹，再也没有一个中国人讳言自己身而为中国人。

如果我没有出生在中国，我将永远不能体会天涯到底是多么遥远的地方，断肠又是怎样的一种相思；我会完全想象不到"江南"二字除了一个笼统的地名，还在那朦胧烟雨中藏着多少万世流芳的传说；而对于江湖是怎样的人世，滚滚红尘淹没过什么，可能真的一生都无从知晓。

许是因此，几千年前，屈子危冠深衣，行吟江畔，一念是梦，万念亦是梦，爱国是他一生的执念。几千年后，阳光照在你的脸上，温暖留在我们心里。为什么我们总是眼含泪水，因为我们爱得深沉；为什么我们总是精神抖擞，因为我们爱得深沉；为什么我们总是不断寻求，因为我们爱得深沉。爱这场青春，爱我的祖国。

没有什么可以把人轻易打动，除了那场底色漫漶的青春。

没有什么可以让人热泪盈眶，除了那份情不知所起，一往而深的爱。

此致
敬礼！

张婧怡

2020 年 2 月 12 日（22 点）于江苏昆山

以雅以南
亦我古郯

2018 级会计专业

硕士研究生　王思懿

毓美郯城：

　　展信如晤！

　　大概是二十三年前，我睁开懵懂的双眼，面对这个陌生又温暖的世间，发出了第一声啼哭，正式与您相遇。豫州北上，镇于琅琊，海岱依淮，临于东海，马岭古道蓁，沂水萦如带——万分有幸，在自古便是钟灵毓秀、引得孔子来习的您身边成长，在被您浓厚的古城底蕴养育的同时，观摩您日臻向上的容貌。

　　我出生时是秋，那时，道路不宽，路边零零星星地布着平矮房屋，街上人也不多，总是缺少热闹。被誉为"银杏之乡"的您总爱微微一笑，引来阵阵清爽秋风，银杏树叶窸窸窣窣悠然而落，让这一切不至于孤寂与沉默，满地的金黄也给农民伯伯带来了欣喜——又是一年好收成。

　　随着我年龄增长，在祖国政策扶持下的您，也开始一步一步地将您的美向世人展现。旅游业的兴起，让更多的人期待观赏拥有三千年历史的古郯树，重顾"第一江山"、马岭古道。国人生活水平的提高，使得浑身是宝的银杏发挥出它最大的潜能，为更多的人减压降脂，改善心肌。

　　时光荏苒，指缝流沙，现在的您啊，年岁愈高，却因着一座座高耸的玻璃幕墙堆砌的写字楼、一弯弯精致园林内蜿蜒的流水、一个个爱好学习崇尚科学的积极为祖国建设增添力量的人……以往那略显"老成"的气质，却变得愈发有朝气。而与您同样朝气蓬勃的儿女们遍布了世界。隔着万千山水，却阻不断儿女们的乡情——您维系着我们的亲情，给予我们敢于拼搏的勇气，是我们最初的支柱，是我们不安时的退路，承载着我们的记忆和念想。

　　我们挂念着您，您也在关注着我们吧。孩儿在商学弦歌盈耳的湖南大学工商管理学院成长了许多，得到了许多德高望重的老师们倾情的教导、帮助与照顾，安好勿念。只是，您一定同我一样，真切惦念着我其他的兄弟姐妹——白衣请愿、星火驰援，"为天地立心，为生民立命"的他们毅然披上战袍，挥洒一纸战地书，洋溢浓浓家国情。在横流的疫情沧海中，他们彰显锐不可当的英雄本色，在历史的璀璨银河中，他们是化枭为鸠的守护星。

　　让我们一同为他们祈祷：或许我们素未谋面，但请你们一定平安！让我们一同为祖国加油，候春暖花开，待山河无恙、病毒消亡时，这人间仍是星河滚烫、皓月长明！也愿您继续乘着改革的春风，国泰民安、盛世长存，频频焕颜、光风霁月！

您的孩儿：王思懿

2020 年 2 月 26 日（22 点）于山东郯城

江山留胜迹
吾辈复登临

2019 级工商管理专业本科生

1901 班　庄雅茹

亲爱的中国：

　　展信悦！

　　上下五千年岁月如梭：您从唐风宋雨的温柔摇曳中走来，您从金戈铁马的疆场走来，您从浩荡河山的巍峨壮丽中走来。袅袅茶香，幽暗灯火，泛黄书卷。溯洄历史的星河，我看见您踏马而驰，白雪皑皑，城门大开，身后的山川庄严肃穆。

　　1978 年，戊午马年，改革开放一声春雷，浩荡改革浪潮席卷大江南北。小岗破冰，深圳兴涛，海南弄潮，浦东逐浪，雄安扬波……40 年弹指一挥间，您目睹了深圳特区立下的"时间就是金钱，效率就是生命"，您目睹了雄安新区写下的"走好我们这一代的长征路"，您也被子孙"听罢公报泪盈眶，多少热血谱新章"的燃烧激情而动容。深圳，改革征程的始发地，自"三天一层楼"创造"深圳速度"起步，您与子孙齐心协力破思想之桎梏，除发展之藩篱，宣誓必攻坚克难。从"一天 51 件发明专利"勇攀"中国高度"再出发，高质量发展的冲锋号角在这里吹响。曾经小渔村转瞬化身超千余万人口的国际化大都市。正是不违本心的坚守，才有了辉煌深圳，才有了如今的中华。

2020 年，全面建成小康社会的冲锋号已经吹响。感慨光阴似箭亦如梭，我有幸与新世纪同生，更有幸与新世纪的中国一路同行。许是注定，我见证了这 18 年来祖国的日新月异。有言："周虽旧邦，其命维新。"我看过北京奥运会上的灿烂烟火，我上过来自宇宙太空的授课，我走过山区崭新的公路，我目睹"蛟龙"入海、"嫦娥"奔月、"墨子"升空……"为国者，以富民为本，以正学为基"，您做到了。立愚公移山之志，咬定目标、苦干实干，坚决打赢脱贫攻坚战，扶起后劲十足的东方巨龙。您正以"上善若水，为而不争"的从容姿态一步一步走向世界舞台的中央。我是幸运的，泱泱文明大国滋养着道德之花，科教进而点亮文化之路。在"种桃种李种春风"的氛围里，我与同辈人欣赏着桃花逐水、天上人间的诗词美景；体验了"数点梅花天地心"的读书之乐；懂得了"柔亦不茹，刚亦不吐；不侮矜寡，不畏强御"的为人之道；明白了"人法地，地法天，天法道，道法自然"的万物规则。如今我在桌前，将我十三年所学化为肺腑之言，这亦是在科教熏陶浸润下的成果。中国梦花开不败，尽管成绩斐然，但逐梦人不会停下脚步。卿梦，亦吾梦。

你我都在这里，我曾目送您雄起于东方，也肩负着上一代人交付于我身的时代责任——成为建设社会主义强国的中流砥柱。"功以才成，业由才广。"虽无超世之才，但我也会在您身边。我们的梦，是世世代代中国人的梦。

愿以一抔赤胆，三分傲气，五杯热忱，七顷奋斗之志，拥抱祖国十里春光。我伴你高歌猛进，与君共勉，待他日归来回首，春满园。

你的孩子：雅茹

2020 年 2 月 26 日于广州天河

疫情就是命令
防控就是责任

2017 级工商管理专业

博士留学生　埃米尔（也门）

中国的朋友们：

　　你们好！

　　今年春节一改以往的热闹气氛，一种突如其来的新冠肺炎疫情，彻底改变了我们每个人的生活。随着疫情的暴发，1 月 23 日武汉交通停运，离汉通道关闭，一切似乎按下暂停键。

　　中国是一个高度现代化、科技医疗水平非常发达的国家。我与家乡人民描述了中国近两个月的情况：中国为防控疫情采取了最全面、最严格、最彻底的举措，不仅为中国人民的安全，也为维护世界公共卫生安全做出了巨大贡献。随着疫情在全球多国蔓延，中国积极推进抗击疫情的国际援助与合作，展现出构建人类共同体的强大正能量。我父亲说他相信中国人民会渡过这道难关。

　　在全面推进疫情防控工作中，习近平总书记强调，要不断优化诊疗方案，坚持中西医结合，加大科研攻关力度⋯⋯在这场防疫战中，中西医结合的方法有着确切的疗效，其对改善症状、缩短疗程、促进痊愈、减少抗生素的使用起到了重要使用，也取得了令世界有目共睹的成就。

　　中国人民是具有伟大团结精神的人民。在这场疫情之战中，哪里困难多，哪里就有四方援助、八方支持。无论是人民子弟兵、医护人员、科研人员、基层防护人员还是志愿者，他们没有后退半步，都在不懈努力地与病魔奋力抗争，希望拉住更多即将被死神带走的人。感恩他们的驰援与付出，我们衷心希望他们可以注意自身安全防护，注意个人卫生。

在这样的关键时刻，我们每一位湖南大学的师生始终心连心、同心并力。留校的老师们和工作人员仍然坚守岗位，他们做好值班值守，提供食品、药品等生活服务，做好预检分诊、安全保卫等疫情防控的各项工作。虽然这个冬天有些寒冷，但善与爱让我们彼此温暖。

中国在抗击疫情中展现出高度责任感，积极与世界卫生组织其他国家合作，得到全世界最高评价。中国一系列积极的防控举措不但控制住了本国疫情，还保护了全世界。中国防控疫情的经验值得与世界分享。前两天"一带一路"银行间常态化合作机制（BRBR）发布《支持中国等国家抗击新冠肺炎疫情的倡议》，该倡议充分肯定了中国抗击疫情的巨大努力和有力措施，对中国战胜疫情和保持经济发展长期向好充满信心。该倡议也呼吁"一带一路"金融机构为全球抗击疫情、保持经济稳定增长做出积极贡献，倡导国际社会在世界卫生组织框架内加强协作，共同维护地区和国际公共卫生安全。

希望中国早日战胜疫情，重新焕发昔日东方雄狮的风貌！祝每一位我认识的中国友人健健康康！平平安安！

也门留学生：埃米尔

2020 年 3 月 4 日（21 点）于湖南长沙

见信如晤
展信舒颜

2019 级会计学专业本科生

1903 班　夏瑜璇

疫情地区的朋友们:

你们好!

我是 2008 年汶川大地震的幸存者夏瑜璇,现就读于湖南大学。从新闻上了解到你们的情况后,除了尽我所能捐款捐物外,我更想同你们讲讲我的故事。

我出生于北川羌族自治县,北川是个热情好客、民风淳朴的地方。我家虽然不富裕,但是一家人和和睦睦,十分幸福。原以为我家能一辈子这样平平安安、无灾无难地过下去。没想到 2008 年 5 月 12 日,一场地震打破了宁静。在短短几十秒的时间内灾难吞噬了全城上万条生命。不少人眼睁睁看着自己的家人朋友死在自己面前。起初的几分钟,全城一片死寂,所有人脸上都是木然的表情——谁都不知道这么可怕的事情为什么会突然发生在我们身上。后来就是绝望的哭喊声、求救声。

因为地震,北川连接外界的道路和通信被全部阻断。当外界知道我们发生地震的消息时,第一时间利用一切可以利用的力量,在余震不断的情况下,抢通了一条生命之路。第二天凌晨,第一批幸存者走出了北川!

但是之后呢？孩子没有学上了，大人没有工作了，房子店铺都没了，之后我们该这么办？就在大家再度陷入绝望的时候，是军队和武警部队的叔叔阿姨帮我们援建了一所所新学校。一方有难，八方支援，全国各地的救援物资向北川涌来。犹记当时胡锦涛主席说："没有任何困难能难倒英雄的中国人民！再造一座新北川！"

短短三年后，新北川对口援建工作基本完成，一座新城拔地而起。北川人民在新的家园里，怀着一颗感恩的心，擦干泪，携起手，共同为美好的新生活而努力奋斗！

朋友们，这就是我的故事。我知道处于疫情地区的你们现在并不好过。原本平静的生活现在充满未知，原本热闹的街道现在空无一人。你们可能会害怕、会恐惧。但是请你们千万不要绝望，要相信病魔无情、人间有爱；要相信党、相信我们的祖国；要相信我们团结起来一定会击退病魔的。没有比人更高的山，没有比脚更长的路，没有什么难关是过不去的，就像十多年前那场地震一样。

就像《让世界充满爱》中所唱的那样："我们共风雨，我们共追求，我们珍存同一样的爱！"我们永远在你们身边。

加油武汉！加油中国！

关心你们的朋友：夏瑜璇
2020 年 2 月 18 日（21 点）于新北川家中

借你亲光
共创辉煌

2018 级会计学专业本科生

1804 班　史静仪

亲爱的祖国：

　　您好！

　　"爱国心是通过实践而养成的一种眷恋故乡的感情。"托克维尔箴言如炬。亲爱的祖国，我脚踏您一望无际的疆土，沐浴在您温暖和煦的阳光中，庇护在您豁达如盖的浓荫里，恣意成长。回首遥望，我与您不过二十载的短暂结缘，但这份难以言表的眷恋已然深深植根于我的心中。

　　五千载峥嵘厚重，七十年锐意新光。历经硝烟战火、天灾人祸，然底蕴深厚的您，却从未在时间的洗礼中褪色。我曾伫立于巍峨山巅，也曾徘徊在空旷原野，曾面对着滔滔江河，也曾穿梭于高楼大厦，无论去到哪里，我都知道，我身处屹立不倒的祖国母亲的怀抱。

　　时代之际，吾之所幸。作为一名生于农历庚辰龙年的青年，我有幸见证了您的崛起与腾飞。家中长辈眼中的您，是浴血奋战，不畏险阻的披荆斩棘者，自数十年前十四载抗战的峥嵘岁月，到毛泽东同志在天安门城楼上铿锵有力的庄严宣告，再到 1978 年邓小平同志在十一届三中全会做出改革开放的伟大决策，您一步一个印记，脚踏实地向前迈进。我们眼中的您，是昂首阔步、斩妖除魔的傲然前进者，从 2003 年肆虐的"非典"病毒，到 2008 年熊熊燃烧、承载着国人骄傲的奥运圣火，再到如今 2020 年举国同心、共抗疫情……在您的护佑下，我们茁壮成长，也变得愈加坚强。所谓"世上有二十岁的朽木，也有八十岁的常青树"，泱泱大国如您，在历史长河里万古长青。纵观中华文明数千载，却未见半点衰颓之意，您一直以奔雷摇北斗之势砥砺前行。

辛弃疾有言："乘风好去，长空万里，直下看山河。"时光荏苒，从您如雄狮般崛起之日起，已然阅过数十载芳华，再翘首期盼未来，我亦渴望见到您击楫中流，纵横捭阖，剑指云霄。茫茫风沙里坚定伫立的哨塔中，解放军捍卫着边疆；万人瞩目的国际新闻发布会上，外交部发言人掷地有声。您既已托付我们未来的使命与征程，我们必将以青春之朝气，以鸿鹄之志向，以不屈之精神，交上一份满意的答卷。

"少小虽非投笔吏，论功还欲请长缨。"我们的肩膀已然不再稚嫩，恳请您接受我们炽热的请战书。家是我们的国，国是我们的家，我们的命运与您紧紧相连。所谓"鸿鹄万里，铸剑青云"，青年既不能深陷于一己小我的圈子，亦不能在虚无佛系的论调中不可自拔。在时代的马蹄声里，在您不断的发展和变化中，我们不仅要享受物质与精神生活的日渐美好与富足，也要迎接无限的机缘、使命及挑战。阅遍万里河山，祖国，我斗胆借您无限荣光，尽自身绵薄之力，共筑您光耀、辉煌的未来。

中华儿女：史静仪

2020 年 2 月 26 日于江西景德镇

当"肉夹馍"
遇到"热干面"

2018级工商管理专业

硕士研究生　樊筱彬

亲爱的"热干面"：

　　你好呀。

　　我是来自陕西的一枚"肉夹馍"。因为我从小喜欢吃麻酱，所以放了麻酱的热干面在我心中是第二好吃（仅次于油泼面）的面食。第一次吃热干面还是大一时在校门口，那时一碗五块钱的面吃得我满嘴油香，同寝室的湖北同学却还一个劲地在我耳边叨："这个味道不正宗，你一定要去武汉吃一次正宗的，真的超好吃。"从此，我便心心念念一定要去你的家乡武汉，见一见真正的你。大三，我如愿以偿。

　　还记得那是个12月的周末，我和舍友突发奇想，来了一场说走就走的旅行。为了表达对你的敬意，西安到武汉的那张高铁票我至今还保留着。

　　你家乡的冬天没有我想象中的寒冷，我和舍友穿着厚毛衣刚一落地，就热得满头大汗，立马去光谷买了件薄卫衣。我喜欢你家乡的东湖，我和舍友骑着单车在东湖畔飞驰，微风拂面，沐浴阳光，畅谈毕业后的愿景；我喜欢你家乡的人，我和舍友漫步在武汉大学的校园，一位素不相识的小哥哥带我们逛遍校园，还热心地带我们去了户部巷吃美食；我也喜欢你家乡的早晨，和西安一样，不慌不忙，每个人手中都端着一个盛着热干面的纸碗，边走边吃，边吃边聊，有的男孩子手里还拎着一个"油窝"……这是你家乡独有的风景。

我本以为每年冬天，你的家乡都会如此安逸。大步流星于清晨，人们一碗面下肚后，便心满意足地奔向城市各个角落。可惜天不如人愿，新世纪第三个十年的伊始，病毒却悄然隐匿在你的家乡……看着每日新闻上报道的疑似病例、确诊病例、死亡病例的数据，我们的心揪了起来。好在中央政府快速部署，各地区积极响应，"火锅""大葱""灌汤包""烩面"……全国各地的医疗队伍、志愿队伍朝着湖北进发，送来源源不断的人力、物资。后来，俄罗斯、韩国、日本、巴基斯坦……世界各国的物资也陆续抵达。我还记得我到你家乡时，住的地方叫作"尚隆地球村"，这次，大灾面前，地球真正成为一个"村"，"全村人"一起帮助我们渡过难关。

"热干面"，据说光谷已成为新的市中心了，等疫情结束，我还去那儿逛个遍，好吗？我还没有在珞珈山上看过樱花，这个春天，等疫情结束，我去那里看樱花，好吗？一碗热干面意味着忙碌有序、烟火十足的武汉生活，等疫情结束，你再请我吃碗热干面，好吗？

"热干面"，加油！中国，加油！

你的朋友：一位来自陕西的"肉夹馍"

2020 年 2 月 14 日（11 点）于陕西咸阳

你们的健康就是我最大的心愿

2018 级工商管理专业

硕士留学生　阮春氏忠（越南）

亲爱的中国老师们，同学们，朋友们：

你们好！

自从听闻新冠肺炎疫情在中国肆虐，我就一直想对每个我认识的中国朋友发短信问候，想问你们放假回家了没有，身体可好……有一天从新闻中了解到为控制疫情的进一步扩散，河南省也实行了封城政策。于是我开始担心那几位河南的同学是否回到家中，也同样担心着其他同学是否安全。可多少次编辑好了的短信却没能按下那个看似简单的发送键。因为我害怕听到不好的回复，害怕打扰到可能被疫情困扰的你们。我对自己说，也许情况并没有想象中那么差，说不定同学们都在开心地过着大年呢。然而实际情况却是疫情在那个中国人本应欢度的新春佳节里变得更加严峻。

长沙对我来说有着独特的意义。在长沙，我有着很多的第一次：我第一次有了外国的朋友，第一次用一种不是母语的语言跟外国朋友交流，第一次在不分肤色不分国家的班级中上学，第一次在另一个国家过中秋节，第一次收到来自中国的老师和同学们送的中秋月饼，第一次在外国跟外国朋友过生日。长沙对我来说真的真的很特别。

我的每一个中国朋友对我来说也同样有着非常特别的意义。我以前是个不爱说话的人，似乎未曾主动跟别人交朋友聊天。但是来到中国后不知道是因为想学好汉语还是因为你们的友善，我慢慢地主动交到一两个好朋友。你们对我来说都很重要。平时我可能没有和你们敞开心扉畅所欲言，但在我心里能成为你们的朋友我真的感到很幸福。

我敬爱的老师们，对我而言，你们的意义就更加特别了。我来中国以前一直认为师生之间的关系是一种很严肃的关系，老师们都是严肃且高高在上的。但是来到中国，每位老师都让我感到意外。管教我们时你们像父母一样的严肃，和我们聊天谈心时又把我们看作朋友。虽然是第一次出门留学，但我一点都没感到陌生与孤独。在你们的教导下我很快就能用汉语交流，并能在汉语环境下交朋友、读文章、听新闻、看电视。

在这个疫情期间最令我感动的是，在我考虑该怎么发短信向你们问好时，你们却在百忙之中反过来一个一个关心我们留学生的身体情况：是否去过武汉，是否有染病的可能，是否有各种症状等，你们比我们更加担心我们的健康安全。为了逐一统计我们的情况，知道我们是否安全，是否顺利回到自己的国家，哪些还留在中国，是否有任何的困难……你们在大年初一初二都放弃了休息。这样的关心让我更加地心疼每一位在假期、在疫情期间还在加班加点工作的你们。有时候在想自己为什么只会默默地关注却从未主动向你们问好。在这我想跟你们说一声"对不起"，道一声"谢谢"。

疫情从萌发到暴发，在大家的努力下又逐渐得以控制和平稳，每一天确诊的病人都在减少，治愈的病人越来越多。我在家每天都跟家人抢着观看电视中有关疫情的新闻。因为我们国家人口密度不是特别大，所以我无法想象病人的数量从百至万是怎样一种糟糕的变

化。我非常担心你们，心疼你们，但我只能祈祷，希望中国能早点康复。在国内学习的日子里，我知道中国人非常坚强与勇敢，你们有着世界第一基建实力，你们有着世界上数一数二的科研力量以及最多的勇敢的逆行者。曼德拉曾经说过："生命中最伟大的光辉不在于永不坠落，而是坠落后总能再度升起。"这是生命的弹性状态，经历风雨却能笑对人生，不是感觉不到畏惧而是克服了自己的畏惧。

随着时间不断推进，从报纸和新闻上看到的好消息越来越多。在我心中，同学们和老师们的健康比什么都重要。学校为了不让我们荒废学业，开始搭建在线工作与网络课堂，这让我很高兴。不管来自哪个国家，我们留学生一直都将中国当作自己的第二个家乡，我们都会为中国祈祷。武汉加油！中国加油！我很想你们！我期待着学校返校的号召！

我爱你们！我爱中国！

越南留学生：阮春氏忠

2020 年 3 月 5 日（0 点）于越南河内

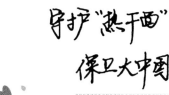

守护"热干面"
保卫大中国

2018级会计学专业本科生

1805班　刘俊颖

亲爱的中华儿女：

你们好，我怀着无比激动的心情，想要给你们写一封信！

2019年12月的武汉，依旧有着风平浪静的长江，热闹繁华的街道，红色喜庆的灯笼，欢快喜悦的面容。然而我们大概都不会想到，一场对抗新冠肺炎疫情的战役已经悄然打响。

12月底，我还只是听闻武汉出现了不明情况的肺炎，31日这一天国家卫健委专家组便抵达了武汉，远在长沙的我并没有觉得这是一件多么严重的事情。然而，当我完成期末考试回家时，新闻里便一天天传来了不好的消息：这次肺炎的病原体不是普通的流感病毒，而是一种很可能由蝙蝠传染给野生动物，再感染上贪食野生动物的人类的，与SARS病毒有很多相似基因组，我们非常不熟悉，但传染性又较强的新冠病毒。短时间内，新增病毒感染人数也逐渐从几十，变成数百，再到数千……感染的区域逐渐扩大，从武汉及周边地区，再到北京、广州、上海、长沙，以及其他距离武汉或远或近的全国各个城市……我们对新冠病毒的认知也从"未发现明显人传人现象"变成了"已证实可以人传人"。

随着疫情的进一步加重，出现了人类现代历史上最严厉的防疫措施——第一次对一个千万人口级别的城市实施公共交通停运管控。借助新闻和媒体，我时刻关注着疫情。新冠肺炎疫情来势汹汹，我们尚未做好准备。医疗队伍人员的不足，口罩和防护服等医疗物资的匮乏，武汉医院床位的紧张，这些都让我们十分担忧。

幸运的是，武汉人民并不是在孤军奋战，全国人民一同扛起抗疫的重担。武汉曾经历过 1998 年的长江大洪水，那时武汉人民就已经表现出了超常的顽强勇敢和自我牺牲精神。这一次，武汉是一座英雄的城市，坚定地支持封城决定，为有效控制疫情蔓延做出了极大的贡献。习近平总书记多次对疫情防控工作做出指示，国家卫健委牵头成立应对新冠病毒联防联控机制并组织协调各项疫情防控工作。中央到地方政府、全国人民、全国各地的企业、世界各地的华人华侨，还有数不尽的外国友人，都在全力支援武汉。火神山医院从启动到建成仅用十天；由军队医务工作者接管的火神山医院从接管到接诊，用时不足 24 小时；医学界的"四大天团"在武汉成功会合；海外侨胞自发组织援助小组，募集捐款、购买物资，他们身在海外，心系华夏……一批批口罩等防护物资随着日本友人"山川异域，风月同天"等诗句运往中国；"宁舍金子，不舍中巴友谊"的中国铁哥们巴基斯坦更是在举国遭受蝗灾侵害时，第一时间从全国公立医院库存中调集 30 万只医用口罩、800 套医用防护服和 6800 副手套援助中国；俄罗斯 SU9127 航班货机将载有 13.2 吨防护及医疗物资运往武汉天河机场并捐赠给湖北省慈善总会……

还有未上抗疫前线却心系武汉疫情的网友，在微博上发起为武汉加油的创作主题活动，其中有一幅可爱的卡通作品我十分喜欢：一位热干面形象的卡通人物躺在病床上，病房里一扇玻璃落地窗将他和外界隔离，医生们穿着防护服为他治疗。可他并不孤单，当他望向窗外时，看到以全国各地以美食形象为代表的卡通人物在窗外

武汉，加油！

齐聚。他们有的举着"武汉加油"的木牌，有的努力凑近玻璃，有的踮起脚、伸长脖子，都在关心着他。

武汉，咱们不用怕，我们全国人民都在呢！等到武汉疫情结束，等到春风拂面、樱花盛开，我们要和你共赏东湖美景！亲爱的中华儿女，让我们每个人继续贡献出自己的力量，守护"热干面"，保卫大中国！

刘俊颖

2020 年 2 月 25 日于湖南长沙

亲爱的敬爱的武汉：

您好！

称呼"您"显得有些疏远，但我不得不用这样的称呼来表达我心中的敬意。我知道，正在战斗着的您尽管疲惫但仍坚挺着身躯，胜利就在眼前，病毒未亡，战斗不息。但我又忍不住想亲切地唤一声"你"，在距你近 500 公里的湖南娄底的我想更贴近你一点，想和你如朋友般说说话。这些天，你一直刚强如大山般保卫江城人民，留给大家高大的身影。但也有人看见了你噙满泪水的双眼，想抱抱你，轻轻跟你说，武汉，你辛苦了。

因发现、探秘一种新型病毒需要时间与过程，疫情之初，普通民众的生活看似井然有序地继续着，人们为即将到来的春节采办物品、举行庆祝活动，而暗流已在整座城市涌动。直到钟南山院士证实该病毒存在人传人的推论，大家才突然警醒，口罩开始脱销，超市不少货物逐渐被一购而空，商城或是小商铺纷纷关闭，公园里的广场舞音乐也消失了，曾经繁华的你变得万巷空寂。

写到这，我知道你心里并不好受，这场始料未及的灾难使你"一夜白头"。面对突如其来的传染病，你无法责怪谁，因人类认知的局限使大家初期无法准确识别它，你默默扛起这沉重的担子，为了整个国家的安全，毅然地关上了自己的大门。

医院成了战场，这是一场没有硝烟的战争，但是医护人员知道此时正是需要他们冲锋陷阵的时刻。这些英雄冒着被感染的危险与病魔战斗，与时间赛跑，用他们的辛勤和勇敢呵护着生命。最初物资十分紧缺，为了不浪费防护服，医护人员常常近十小时不停歇地待在病房里，等到出来时，厚厚的防护服将身体捂出一片片疹子，脸被面罩印出一道道看起来有些扭曲的痕迹。但是他们脸上总是带着微笑，眼睛清澈得发着光，因为他们知道，即便再辛苦，所做的一切都是值得的。令你欣慰的是，全国各地一大批的同胞赶来援助你，其中除了医护人员、人民解放军，也有许多其他志愿服务者，各地或自发性或组织性地支援物资以保障需求。尽管封城了，你好像也没那么害怕，因为你不是一个人在战斗，还有全国 14 亿同胞和你并肩经历风雨。

但，这终是一场恶战，每个人都在努力，可病毒不会同情我们，悲痛一次次刺激着你的神经。你多么心疼你的子民啊，此时此刻，他们正忍受着怎样的折磨。那些天，我每天从睡梦中惊醒，第一件事就是查看数以千计的不断新增的病例数据——这似乎成为每位关心你的民众的普遍性条件反射。我看到医院在超负荷地运转，很多家庭的几口人相继感染，甚至发生悲剧。当我打开视频看到那个和我一般大的女孩追着殡葬车哭喊着"妈妈"时，我心都碎了。在这场灾难里，有多少个家庭支离破碎，那个哭喊着"妈妈"的孩子再也不能和妈妈拌嘴，不能吃到妈妈亲手做的蛋炒饭了。

在本应该热闹非凡、全家团圆的春节，透过一位叫"林晨同学"博主的视频，我看到了你沉默的脸庞。在那几个或无声或有旁白的镜头里，我看到本应是下班高峰时期的街道，现已空无一人；你最引以为傲的娱乐中心——光谷步行街如今门可罗雀；在医院就诊的人排着长长的队，或焦急或疲惫；超市里采购必需物资的人们戴着口罩，满面忧愁。生活仍在继续，街道上扫地的大爷，骑着摩托的外卖小哥，便利店门口的搬运者……他们是平凡得不能再平凡的江城子民。是啊，疫情期间谁不想宅在家里躲避病毒呢，但这是他们共同守护着的城市，他们还必须要听到你心脏的跳动。你在最艰难的二十多天里见证了江城子民的痛苦与坚强，一切好像静止了，但一切又好像在运转着，就像长江水滚滚不息向东流。

到我写下这封信的 2 月 24 日，一切都在慢慢好起来。每日确诊人数已经逐降，治愈的患者也越来越多，你的排查工作一如既往进行得那般严谨。在全国人民的支持下，方舱医院、火神山医院都有条不紊地运作着。你所经历的苦痛必定使你更强大。伤疤总会愈合，你将一直是诗人笔下的"云峰出远海，帆影挂清川"；是中国不可或缺的中部动脉；是拥抱着滚滚长江水，孕育并滋养着无数楚地之才的灵秀山峦。

武汉，加油，愿我们能早日相会在珞珈山的樱花树下。

此致

敬礼！

你的朋友：段丹琦

2020 年 2 月 24 日（16 点）于湖南冷水江

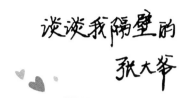

2019级工商管理专业本科生

1901 班　王嘉炜

亲爱的大姨父：

　　您好！

　　今天也没有什么事，问您老安好，再是知道很久没有唠嗑，怕您闷，这次想和您唠唠我的邻居张大爷的故事。

　　张大爷是我们搬到银川时的隔壁邻居，大爷的身体倍儿棒，总爱找很多事做。那时候大爷非凡的精神头儿，让也不太懂什么是"大爷"的我，就认定了该叫他大爷。

　　大爷是第一批来我们这的知青。他说那时候烧不热的火墙和割不完的麦子总是让他忙得马不停蹄。但是到了农闲修整的时候稍一得空，他对家乡的思念就会涌上心头。在他的记忆中，他的乡愁像那黄河的凌汛——初时不那么猛烈，可刹那间回过神来就发现，乡愁已把思绪阻断了。为了打发闲下来时间，他去发掘了很多潜在的爱好。那档口条件也有限，他学着唱过我们这的《兰花花》，也学着渡渡羊皮筏子，还跑到小学去打过乒乓球……最后好像什么都试了，大爷就是没有找到可以消减乡愁的"闲暇活动"，乡愁反而像陈年的老窖越酿越浓。直到有一天大爷再也忍不住了，也不再刻意去回避，他抬起笔写了一封又一封的家书，有的记下了小时候家门口的梧桐树，有的问问母亲的咳嗽好些了吗，有的问弟弟的学业如何……不管这一封封家书能否送达，甚至能否送出，他依然这样一封封地书写着。他说，那时候他感到前所未有的轻松。为了把家书写得大气端庄，一有空他就练练字——有笔就划拉划拉，没有笔就在手上比画比画。后来大爷从公社的报站里讨来一套文房四宝，这一练就越发痴迷其中，不可收拾了。

时光荏苒，随岁月一同变化的是大爷愈渐深厚的书法功底，不变的是他依旧倍儿棒的身体。大爷的生活也一刻不闲。开书法班，骑着那高大威武的"老二八"送报纸，还帮社区出黑板报。仿佛大爷的生命从来就是扎根在我们这宽广无垠的黄土地上。

大爷总说，植物和水，少了一个都没有宁夏的今天。是几代人前赴后继的防风治沙，才成就了如今这适宜生活的安身之地。我猜是记忆中曾经肆虐的黄沙紧紧地牵动着他，才使得这些记忆在大爷的书画作品中得以展现。大爷最爱画的是我们这的沙棘。这沙棘没有临摹的作品，大爷就凭自己的揣摩，一笔一画地勾画出这西北戈壁上生命力最顽强的植物。

小时候看这沙棘，觉得枝枝杈杈上的小花没有梅花映雪的冷傲，没有菊花的尊崇，没有竹君子的挺拔，不懂大爷怎么好这口。后来慢慢长大了，身边的同学、朋友都铁了心奔向外面繁华的世界去打拼，去探索，想亲眼见见那冷傲的梅花、清幽的兰花、尊崇的菊花、挺拔的竹子。我也想见见戈壁外面的世界，看看那碧绿常青、富庶繁华的南方。后来等我到了南方，岳麓轻灵的山风让我心旷神怡，湘水的清美秀丽使我流连。然而当我在风景中畅游时，我突然开始思念那家乡的沙棘花，此刻才理解大爷的爱沙棘之心。当初他们那一代人，放下江南水乡的柔和秀美，到了这风烈沙苦的大西北，栽下一棵棵沙棘，最终治愈了这侵扰千年的风沙。他们的青葱岁月，他们的美好年华，都像这沙棘一样，将根深深地扎在了这戈壁荒漠。他们当中的很多人，放下了魂牵梦绕的故乡，直至到了颐养天年的年龄，还在为这片土地供给着丝丝养分……

突然之间，我记忆中大爷画中的沙棘花开得热烈，我的心也变得火热。我好像更爱这湘江水畔岳麓山旁的景色了，但是我不会再次流连忘返。在饱览南方的风景如画后，我深知今日的努力是为了有朝一日投身家乡的建设，将这里的风和景带到我的家乡，让沙棘小花不再独自在大漠里绽放。

今日便聊于此，请福绥。

外甥：王嘉炜

2020 年 2 月 25 日（22 点）于宁夏石嘴山

"散装江苏"绝不撒步

2019 级会计学专业本科生

1906 班　张婧怡

尊敬的逆行者:

你们好!

四下无人,大湖荒凉,远远听见琴声,我顺声望去。只见一位穿蓝布衫的老人坐在斑驳剥落的朱红亭子里,膝上一块灰布,对着湖拉胡琴,琴声有千灾万劫里的一点岁月静好。我听了很久,一直到暮色四合。

其实,何来岁月静好,只因有人负重前行。疫情肆虐,不断攀升的确诊数据,狠狠地揪住人心。比恐慌更可怕的是轻慢,所幸,面对疫情我们并没有轻慢。这几天,"散装江苏"登上了微博热搜。2020 年 2 月 7 日,国家卫健委宣布建立 16 个省支援武汉以外地市的一一对口支援关系,以"一省包一市"的方式支持湖北省的救治工作。江苏对口支援湖北黄石市,一时间,医护人员争先恐后,自愿报名,江苏省 13 支医疗队以最快的速度各自出发,被网友戏称为"散装江苏""江苏十三太保"。有人打趣:"直到疫情结束,湖北人民可能都不知道江苏到底派出了多少医疗队。"殊不知,这"散装"背后是一个个咬紧牙关为疫情奔波奋战的灵魂;殊不知,火神山、雷神山医院以让世界为之惊叹的速度交付使用,这背后离不开江苏企业的大力支持。

火神山、雷神山医院奇迹的背后，有着众多江苏企业的强势助力。在国家人民需要的时候，江苏诠释着什么叫"穷则独善其身，达则兼济天下"。在这场与疫情的较量中，江苏鼎力支持，只因江苏人民朴实侠义。

但也有人说，江苏本来就是经济大省、人口大省，派出这么多医疗队是应该的。真的是这样的吗？"散装江苏"在一定程度上是事实，江苏总体经济很强也是事实，但是疫情之下江苏向湖北派出大量的医护人员，实则是自己咬牙顶住本省前线疫情救治的同时，还要分兵支援湖北。

善良的人在对抗中不会跃跃欲试地好斗，但当他决定守护的时候，绝不撤步。

其实，何来"苏大强"，只因与子同袍，风雨同舟。

张婧怡

2020 年 2 月 26 日（21 点）于江苏昆山

在疫情中成长的祖国

2019 级工商管理专业本科生

1903 班　陈颖萱（中国台湾）

慢慢康复的祖国母亲：

展信好！

不得不说，2020 的春节是一个特别又令人难忘的春节。在每个人的心里都暗暗规划着自己新年假期的时候，没有人会想到危险悄然而至。

一场新冠肺炎疫情由武汉开始蔓延，您就这样很突然地生病了。面对这样难以防控的病毒，我们做出了最快的反应。短短几天，从习近平总书记的系列指示到党中央、国务院的高度重视，从各个地方部门的快速跟进、纷纷建立起基层疫情防控网络到实施武汉封城，从一栋栋集中收治医院的迅速建成到专家医生的全身心投入，从大批物资运往华中到全国各地医疗队驰援武汉……一切都是为了让您早日康复。

伴随着一系列政策措施的量身打造与落实，疫情得到了控制，正常经济社会秩序得以切实维护。这令人惊叹的中国效率获得了国际社会的高度赞扬，我只能说，您值得。

最近这些还宅在家里的日子，我默默地等待着开学的通知。住在海峡对岸的亲人也常常打电话来问候我家人，嘱咐我们要戴好口罩，少出门。"疫情无情人有情，两岸同胞一家亲"，台企捐助的物资纷纷到位，台湾青年为武汉加油举办慈善音乐会，两岸的妈祖宫庙携手为武汉祈福……此时此刻两岸团结一心，共同抵抗病毒。

我每天都会关注新闻及"微博辟谣"等，听闻了您的病情明显好转的消息。很多地区连续几天的确诊数目都是0，越来越多的人得以康复。身为这样的人口大国，我感受到了您是这样的不易，抗疫人员也是这样的不易。现在，疫情在全球蔓延，中国抗疫措施为世界树立榜样，中国为世界卫生事业做出了重要贡献。您在奋力地抗击疫情，我们也不应该止步不前。如网上盛传的那句话，"疫情暴发时，我庆幸我生在中国"，有这样一位强大的祖国母亲抚养我成长，我深感荣幸。作为一个心智成熟的大学生，我觉得在这场疫情防控战中，最基本的支持方式就是提升防范意识，做好防护工作，出门戴口罩，回家勤洗手，不信谣，不传谣。保护自己，就是保护别人；对自己负责，就是对社会负责，更是对您负责。同时，这也给予了我们一次机会去学习前辈们如何处事不惊、舍己为人，从而树立正确的人生观、价值观。

磨难压不垮，奋起正当时。一手抓疫情防控，一手抓复工复产。中国有能力、有信心、有底气打赢这场战"疫"，中国也有信心变压力为动力，实现经济社会发展目标任务。加油吧！中国！

此致

敬礼！

陈颖萱

2020 年 3 月 4 日（18 点）于广东东莞

畅谈家乡变化
感叹祖国发展

2018 级工商管理专业本科生

1804 班　王佩瑶

亲爱的祖国母亲：

　　您好！

　　2019 年是中国改革开放 40 周年。至今 40 余年，岁月如歌，沧桑巨变。改革开放 40 余年，在发展的道路上，中国已经从跟跑者，变成了引领者。我的家乡位于湖南湘乡的一个小农村，在这 40 年间发生了翻天覆地的变化，乡村面貌焕然一新，人民生活水平有了很大的提高。

　　"忽如一夜春风来，千树万树梨花开。"沐浴着改革的春风，我的家乡迎来了新的发展。以前我们村被称为"茅屋村"，放眼望去全都是土砖房、茅草屋，道路也都是土路。一下雨道路就变得泥泞不堪、坑坑洼洼，村民出行非常不便。"晴天像把刀，落雨一团糟"是村民说得最多的一句话。直到 2007 年，为了响应国家"村村通公路"政策的号召，在村书记的带领下，全村青壮年组成了一支修路队，每家每户筹资，将村里的主干道和连接邻村的道路进行了改造。经过数月的通力合作，过去的泥泞小道变成了宽阔的水泥公路。新修的公路极大地方便了村民们的出行，同时也带动了村里的发展。村民开始把每年富余的农作物运往城里贩卖以获得收入。随后又开通了到县城的直通车，人们到县城办事也变得更加方便。再后来，人们开始盖起了小洋楼。到 2013 年，我的家乡已经没有人再住茅屋房了，昔日的"茅屋村"已经不见踪影，家乡的颜色也不再是单调的土黄色。

道路和房屋翻天覆地的变化只是家乡日新月异的直接表现。更重要的是，人们不再为不能吃饱穿暖而愁眉不展，反而有了更高的物质及精神追求。任意走进一户人家，都会看到他们所购置的电视机、电冰箱、洗衣机、热水器等。电话已经普及，老人也用上了手机。还有一部分家庭已经购置了电脑、空调、小汽车。村里超市中的商品琳琅满目，应有尽有……

更为重要的是实行科教兴国战略以来，党和政府始终关心着农村教育事业的发展。尤其是对中小学基础设施进行了全面建设，使得农村教育水平得到了很大的提高。以前我就读的小学教学楼十分破旧，窗户玻璃有许多都是破碎的，学生用的课桌也破烂不堪，操场就是一片勉强被同学们踩平了的土泥地。而现在，教学楼已经重新装修，墙壁上画有孩子们喜爱的卡通画，窗户、桌椅也焕然一新，学校的操场铺上了水泥，竖起了篮球架，学校也有了图书馆和实验室。这些改变让农村的孩子们有了更优质的学习环境和教育资源。

家乡的巨变是我们国家快速发展的一个缩影，看到今天家乡人民的生活由贫困到解决温饱，由温饱迈向小康，我不由得深深感叹——40 余年的改革开放，中国人民在中国共产党的领导下，众志成城，每一步都走得如此坚定自信。祖国"迎来了从站起来、富起来到强起来的伟大飞跃，迎来了实现中华民族伟大复兴的光明前景"。

让我们在习近平新时代中国特色社会主义思想指引下，改革开放再出发，为实现中华民族伟大复兴和中国梦继续砥砺奋进。

祝愿祖国繁荣富强！

您的儿女：王佩瑶

2020 年 2 月 20 日（20 点）于湖南湘乡

改革风诵祖国路
脱贫攻坚人民强

2017 级工商管理专业本科生

1701 班　苏哲豪

亲爱的祖国:

　　您好,我亲爱的祖国母亲。

　　七十多年前您重获新生,四十多年的改革开放,所经历的风风雨雨造就了您日新月异的变化和今日的繁荣。五年前国家举起了脱贫攻坚战的号令旗帜,在脱贫攻坚的收官之年,祖国母亲却遭受了前所未有的疫情灾害。作为您的儿女,我悲痛于骇人的病毒,但是也相信疫情危机是阻挡不住全国人民共战疫情的决心,同时也磨灭不了伟大的中国人民脱贫攻坚的信心。在我有限的记忆中,我惊叹于家乡翻天覆地的变化,也惊叹于您一步步迈向强大。

　　我的父亲是一名机关工作人员,几年前积极响应国家号召,担任山东蒙阴经济开发区李家保德村"第一书记"职务,参与到政府领导的"脱贫攻坚战"当中。记得那是一个偏僻的乡镇,随着父亲的调动我也更换了住所。土地的不充分利用、脱贫政策宣传不到位以及致富项目稀缺是那里的顽疾。弯弯延延的土路穿过了整个村子,干燥的季节里拂过的风与驶过的车子都会扬起阵阵灰尘黄土;淅淅沥沥的雨季里土路泥泞不堪,一深一浅的脚印与脚上的泥土令人记忆深刻。村子里很多人们住在低矮的土坯房里,脚踏着泥土堆砌的地板。是这座村镇给予我的最初印象，也是很多贫困地区的最初轮廓。

　　精准到户的扶贫工作是一块难啃的"硬骨头"，每一户的脱贫问题都像战役中一座难以攻占的小山头。但是祖国给予了我们信心与决心！第一书记、其他驻村干部和群众心连心，矢志不渝，共同奋斗。他们明白，这背后有着政府强有力的政策支撑。

　　几年之后再回到那里，我清楚地看到政府推进的危房、公路改造项目极大地改善了人民的生活环境。现代农业技术的普及给予了村民高效的生产方式。有了各种扶持政策以及基层干部的帮助，贫困群众看到了未来更多的可能性，也增添了更多希望。依仗着较为便利的地理位置优势和丰富的土地资源，以及政府积极的资金投入和科学知识宣传，人们一起见证了一座座新的果园、种植场与养殖场的诞生。"互联网+"的经济模式得以普及，村民的销售模式不再传统，人们的生活也发生了翻天覆地的变化。美好的瞬间不止于此。疫情来临，危机的号角吹响，村干部们放下儿女长情第一时间赶赴防控现场，和村民们一起共战疫情。疫情短暂地隔绝了外界，但是隔绝不了人民的心，相信无论什么困难都难不倒伟大的中华儿女！

　　亲爱的祖国母亲，相信在中共中央关于脱贫攻坚大政方针和决策部署下，相信在人们对美好生活的期待及努力下，无论是疫情阻击战还是脱贫攻坚战都必将取得胜利。越来越多人的家乡会拥有更加美丽的明天，人民生活会更加的幸福美好。

　　此致
敬礼！

您的儿女：苏哲豪

2020 年 2 月 22 日（15 点）于山东临沂

期盼花开疫散
与您相约相见

2018 级工商管理专业

硕士研究生　谭　沁

亲爱的武汉：

　　您好！

　　六年前，我只身离开家乡长沙，投入您的怀抱中，开始了我的本科求学生涯。这是我生平第一次离开长沙。刚开始的生活充满着太多的不适应，一坐公交车就晕车，一吃带有花椒的菜品就不适，一吃热干面就呕吐……由此我也对您产生了诸多的抱怨，甚至多次想早日摆脱您，回到我日思夜想的家乡。后来我发现，随着时间的推移，竟然慢慢适应了这种生活，甚至爱上了花椒和热干面的味道，至今久久不能忘怀。

　　您知道吗？自从本科毕业离开您之后，之前对您的种种不满的小情绪瞬间荡然无存，留下的只有我对您无穷无尽的想念。我无时无刻不在想念您那美丽可爱的模样，想念您那浓厚的文化底蕴，想念您那发达的道路交通，想念您那繁华的景区街道，想念您那每天都不一样的风景……您曾陪伴我走过最美好的大学时光，曾给予我最美好的青春回忆，您是我除了长沙之外生活时间最长的城市，我早已将您视作我的第二故乡。

　　这个寒假，乌云遮住了太阳，冰雪挡住了春光，新冠病毒侵害了您的身体。我看着曾经繁华的景区和街道空无一人，看着日渐增加的确诊病例、疑似病例和死亡病例，看着戴口罩的小伙伴们采购完物资急匆匆离去的背影，泪水不断浸湿了我的眼眶。我开始意识到疫情的严重性，开始担忧您的身体状况。我恨自己不能陪伴在您身旁，恨自己不能为您的健康付出自己的一份力量，却只能通过网络和电视关注与您有关的信息，只能在心中默默地为您祈祷、祝您平安。幸运的是，在这之后，我看到党中央出台各项决策部署，看到一批又一批医护工作者夜以继日地救治患者，看到一大批人民解放军和志愿者冲锋在前保驾护航，看到医用物资企业全力恢复生产、快递公司开辟运输"绿色通道"……我流下了感动的泪水，我感受到了希望的力量。我知道在党和国家的领导之下，在全国人民的共同努力下，您一定会很快好起来。

近期关于您的好消息终于到来，确诊病例、疑似病例和死亡病例数据每日愈降，我感到无比高兴，相信您完全康复的日子指日可待。您知道吗？全国人民甚至全世界人民都在密切关注着您的身体状况，都在竭尽全力帮助您恢复健康的体魄，您一定要加油！只有您胜利了，湖北才能胜利！

亲爱的武汉，您是一座英雄的城市，是我们坚强的后盾，更是我们赖以生存的故乡，您一定会等到拨云见日的那一天！待到花开疫散时，我想回去看看您！

此致

敬礼！

您的孩子：谭沁

2020 年 2 月 22 日（22 点）于湖南长沙

我和你 心连心 同住地球村

2018 级工商管理专业

硕士留学生　Maicle Lee（新西兰）

致我爱的中国：

两个多月以来，我每天早晨起床后做的第一件事就是打开丁香医生 APP，查看疫情实时动态。得知因为大家的努力，目前疫情在中国得到了很好的控制，我觉得非常高兴。

当我第一次了解到新冠病毒时，我已经放寒假且从湖南大学回到了新西兰家中。最初我认为这次的疫情可能只是一个玩笑，就算是真的，在短期内就能够解决。可是没想到，在新春佳节之际，病毒的突然全面暴发让大家猝不及防。很多地方出现疫情，湖北地区沦为最严重的疫区。

作为海外华人的我，不希望看到祖国发生任何疫情。可慢慢地，疫情图上的"公鸡"从刚开始的浅红变成了深红色，我每天忧心忡忡。每天的新闻也都在报道疫情。正当我思考世界人口第一、人口密度极大的中国如何应对的时候，中国政府一系列应对措施第一时间得以落实，并得到了所有中国人的响应与支持。很快，我从新闻中得知，2020 年 1 月 23 日武汉全市公共交通停运，离汉通道暂时关闭，部分省份关闭部分主要交通要道。如此快的反应和民众的全力配合让我感叹中国人民的团结。这在其他的国家是很难做到的。更让我感动的是，在新闻中我看到很多省份调集了大量的医护人员志愿者，举全国之力，集优质资源奔赴湖北重大疫区，与新冠病毒进行抗争。他们被称为"最美逆行者"，一段段可歌可泣的故事在不断传唱，我被他们的精神深深感动着。

作为一个海外华人我真的很想为祖国做出自己的贡献，可是我知道，在这种非常时期自己能做出的最大贡献就是自我隔离，减少人员流动。我在内心里不断祈祷，祈祷不幸患病的人早日康复，祈祷每一位医护工作者平安健康，祈祷中国早日赢得抗击疫情的胜利。幸运的是，通过政府采取的正确措施，以及全国上下的共同努力，现在疫情终于得到了控制。而强大的中国医学团队在病毒的防治及疫苗开发上也取得进展。我非常自豪自己的根在中国，也为自己是华人而骄傲。

在此我祝愿在抗击疫情前线上的人们都平平安安，祝愿每一个中国人都健康快乐，祝愿中国早日全面战胜疫情！中国加油！世界加油！

新西兰留学生：Maicle Lee

2020 年 3 月 7 日（19 点）于新西兰

冲锋与守望

2019 级会计专业

硕士研究生　彭驭天

亲爱的姨父：

　　展信佳！

　　今天是 2020 年 2 月 8 日，周六，是疫情发生后我住在您家的第 16 天，也是这 16 天来第一个您在家休息的周末。为了缓解多日以来的疲惫，您晚上九点多钟就上床睡觉了。不久，便传来轻轻的鼾声。

　　您睡得真香呀，我和表妹相视一笑。从我来到您家那天到今天，您终于可以暂时放下手中的工作，好好地休息一天了。大年三十中午，您接到那个要开紧急会议的电话后，连团圆饭都没来得及吃，立马放下手中碗筷，和家人匆匆交代几句便开车返回了单位。

　　从那天开始，您的电话便常常在晚上十点多，甚至十一点多响起：会议通知、工作汇报、群众反馈……白天，您戴着那个用吹风机吹了又吹的口罩去开一个个大大小小的会，去一个个经营场所反复视察，确认各项工作的布置与开展情况。下班回家后，您拿着酒精喷雾对着自己身上一阵猛喷，恨不得把自己浸在酒精里，然后又把衣服挂在窗口，最后再用蒸汽熨斗反复"高温消毒"，生怕把病毒带给我们。看到您终于可以好好在家休息一天，我们心里一直悬着的石头才终于可以放一放了。

　　快十一点了，急促的电话铃声如同警报一般又一次响起，表妹急忙赶去接通，生怕把您吵醒了。她心疼您，想着您可以多休息一会儿，便告诉对方您已经睡着了，可对方却坚持要把您叫醒，说有很重要的事情需要找您。表妹只好开启免提，将您摇醒。对方询问您单位负责区域的信息，您的眼睛还没睁开就已经将负责人的名字和电话脱口而出。对方说明天会有领导来那几片区域检查，您说："请放心，就算您不通知，我们的工作也可以随时接受任何检查，做得很扎实的。"

电话挂断了，您再次进入了梦乡，我惊讶于您条件反射般的记忆，更为您对工作的那份问心无愧的信心感到自豪。

我知道，在这场疫情防控阻击战中，像您一样的冲锋者还有很多。在他们之中，有的是和您一样的人民干部，有的是白衣天使，有的是警察、记者、清洁工人、志愿者，更多的是每天在家大门不出、二门不迈的坚守者。不管是冲锋在前，还是坚守在家，我们每一个人都是这场战役中的战士，都在共同与病毒作斗争。我看到，小区的志愿者一天比一天多了；我看到开饭店的舅舅一家虽然生活压力很大，但仍坚持"警报不解除，绝不营业"；我看到老师在微信群里组织大家看书，在家里进行锻炼……此刻，所有的人都团结在了一起，为共同打赢这艰难的一仗，而尽其所能地为国家和世界做着各自的贡献。

今天，窗外风很大，表妹去把您挂在窗口的外套收进来的时候，我看到您衣服上的那枚党徽在这漫漫长夜中熠熠生辉。衣服被急促而下的雨点打湿了，我知道，这是春雨，春天迫不及待要来了！

敬颂

时祺！

您的外甥：彭驭天

2020 年 2 月 26 日于湖南长沙

逆行先锋
国士无双

2018 级会计学专业本科生

1805 班　开明靓

敬爱的钟南山院士：

　　您好！

　　首先，我想真诚地对您说：辛苦了！谢谢您！

　　回想 17 年前"非典"暴发，您不顾个人安危奔赴一线，竭力捍卫千万中华儿女的健康安全。而如今，您已经是 84 岁高龄了，在这个本该安享晚年的年纪，面对肆虐的疫情，却依旧选择做一名伟大的逆行者，冲向一线，消灭疫情。这是怎样的一种民族英雄气概！尽管您比任何人都清楚在疫区随时可能有被感染的风险，但是，国难当头，您却深入最危险的地方。还记得 17 年前您沉着而又坚定地呼告："把重症病人都送到我这里来！"多么可敬、可叹、可赞！而这，全都是因为您心怀一颗炽热的赤子之心！

　　现在已经是 2020 年 2 月 25 号，距离疫情暴发已近两个月。自疫情暴发以来，我每天早上起床的第一件事就是去看看有关疫情的新闻报道。在这段日子里，我们欣喜地看到情况在一点一滴地好转。疫情从原来的每天感染人数疯狂上涨到现在实现了 18 省的感染人数零增长的突破。对此，每一位中华儿女心里都无比清楚：这些来之不易的成果，是几十天来您和其他白衣战士们不知流了多少泪水和汗水换来的！当我们在家吃饭休息的时候，您却背负着如山的重任，在这无声的战场上与病魔进行着一场又一场的殊死搏斗！

1月18日，您临危受命，从广州火速奔往疫情最为严重的武汉；1月20日，您凭借着敏锐的直觉和专业判断能力，直言新冠病毒人传人的事实；1月28日，您和湖北医疗队通视频并嘱咐："要克服各种困难，要尽我们的责任，更要保护好自己，才能救治别人"；1月29日，您与广东5例危重症患者进行了第一次远程会诊，此后您日复一日坚持远程会诊；1月30日，您耐心地向广大人民群众示范摘口罩的正确方法，普及正确的防疫知识，为广大人民的健康保驾护航；2月14日，您带领团队在短时间内研制出了快速检测试剂盒，极大提高了阳性检出率；2月17日，在多日以来对疫情的了解后，您做出了合理的判断——新冠肺炎疫情的峰值大约在2月中下旬，4月底疫情将基本稳定（这一消息无疑增强了所有抗疫工作者及人民群众与疫情斗争到底的信心和决心）；2月19日，您与美国哈佛大学医学专家进行视频会议，进行交流研讨，并成立对抗新冠病毒肺炎攻坚小组；2月23日，疫情虽已极大好转，但您仍保持清醒的头脑，提出了正确的战"疫"策略——"当务之急是要鉴别流感和新冠肺炎"；2月24日，您提出了对冠状病毒进行长期研究的建议："这次，不能过去以后就放手，等下次来再说。"……

钟老，您是一位逆行的勇士，面对疫情，义无反顾，冲锋在前；您的话语虽是那样的简单、朴素，却足以让我们每一位中华儿女感动落泪！钟老，您真的辛苦了！

还记得在此前疫情暴发不久，您在接受记者采访时说道："这个劲头上来了，很多事情都能解决。大家全国帮忙，武汉是能够过关的，武汉本来就是一个很英雄的城市。"电视屏幕中的您眼里饱含着泪水，在点点泪光中，我们看到的是您对国家、对14亿中国人民最深沉的情感。当看到您满头银发，面对镜头露出憔悴、疲惫又沧桑的面容时，我们又忍不住鼻翼发酸。

写到这里，我早已无法用纸笔表达我对您的崇敬之情。现在正是疫情肆虐的时候，您全然不顾自己，进行着一次又一次的远程会诊，商讨着一场又一场的诊疗方案，穿梭在一间又一间的病房……看到无数个这样令人感动却又让人心酸的场景，我们一边止不住地心疼您，一边又怀着一颗感恩的心，想亲自向您道一声：谢谢您！在国家的危难时刻，谢谢您的挺身而出！

同时，在这场疫情中，我们见证了祖国强大的人力、物力、财力，以及全国人民团结一心抗击疫情的伟大凝聚力，也更深地感受到我们当代青年所肩负的使命与担当。钟老，请您相信我们，未来，我们一定不负祖国和人民所托，稳稳接过前辈手中的接力棒，勇于担当，砥砺前行！

目前疫情尚未过去。在这次疫情中虽然我们并不能像您一样冲在抗击疫情的前方，但我们一定会遵循您的建议，努力做好每一道防护措施，来减轻国家抗击疫情的压力。

如今，天气已日渐晴朗。我们坚信，在党中央及无数与您一样有着舍我其谁的气魄、坚如磐石的信念、脚踏实地的作风的无数共产党员的努力下，全国人民万众一心、众志成城，寒冬终将会过去，暖春必定会到来！

最后，祝您身体健康，平安归来！

此致

敬礼！

开明靓

2020 年 2 月 25 日于安徽滁州

2019 级工商管理专业本科生

1903 班 李云璐

每一个等待中的人：

"不当兵，这是我对子孙的私心。"外婆在和子女的谈话中说了这样一句话。

我的外婆是个很温和开明的人，从不和人争执吵嘴，即便自己真遇到一些乡里间杂七杂八的琐事，她也只是在嘴中咕哝几句后，便不再管了。

起初，我年纪尚小，不明白她为什么不喜欢让自己的儿孙们当兵，还以为她是对军人有什么偏见。直到最近闲来无事，母亲向家里人说起过去，说到外婆家中装了外公十几个勋章的黑木箱子时，我才触碰到了那个令人沉痛的故事。

母亲说，外公的一生，活得像个传奇，死后却平平淡淡。他曾帮助过的人，要么当时年纪尚小，还不记事，要么就早早地过世，入了黄土。外公死的时候，母亲还不到十岁。在她脑海里，家的印象就是四个哥哥姐姐一起种田读书，母亲打理家务，父亲却整天不见其人。外公是兵，参加过解放战争，参加过抗美援朝，打了胜仗，得了一堆的荣誉与勋章。在当时乡镇百姓的眼中，外公是顶天立地的大英雄，乡镇的人老远见着他，都要放开嗓子喊声"将军"。

相比外公在外的风光，外婆则显得与世无争。外公常年跟随军队不在家中，只留下外婆独自抚养孩子，从两个再到五个。即使丈夫被派往他国，在几千几百个日日夜夜的等待中，外婆常独自点亮一盏夜中的油灯。农田务农，针线缝补，生活琐事都不曾弄皱她的眉。温和的外婆只想静静地养育孩子、等待丈夫。

因为外公是军职，在三年困难时期，上头便派他负责粮食发放。外公多次私下多发粮食来救济乡里百姓，救过无数人的命。外公赢得了民心，成为乡里百姓眼里的抗战"将军"和"活菩萨"。而外婆依旧温和，继续养育着她那五个孩子。

外公活得轰轰烈烈，而外婆和他却像是两个世界的人，她永远坚守在家中，没有因为丈夫的荣誉而让自己与孩子冠上高人一等的身份。

外公是在新年的夜晚离世的，在那样欢快的日子，爆竹声与过去一样，震耳欲聋，不曾停歇。但是这一次不再是为了迎新年，而是为了送逝者。外公过世时乡镇百姓齐来送葬，送葬的队伍从家门口出发，长龙般从山底一直排到了山头。根据送葬习俗，人人头上都得绑上五颜六色的头巾。送葬队伍缓慢、狭长，在山中时隐时现。从家门口抬头望去，像是一盏盏游晃的夜灯，夜风吹过，仿佛将整个世界都按下了静音键，哭泣无声，却淹没了整座山——这是我的母亲对外公的最后印象。

在当时，人人都知有这样一名万人敬仰的"将军"。而在几十年后，时间冲淡了一切，不知道还有没有人记得这位英雄。儿女成家后，外婆却选择独自在那屋子里生活。外公的子女们也活得平平淡淡，连他的小外孙女到成年才知道那个装满荣誉的黑木箱子的存在。

这次又是新年，新冠肺炎疫情给中国带来了灾难，但也给了我们一次看见无数感人事迹的机会。而当提到那些个逆行的身影，提到国家的军队赶到武汉执行任务时，外婆也只是听着、看着，温和安静地做自己的事。我不知道她是否会在那些个逆行的、只给家人留下背影的士兵身上，看见当年外公的影子。我不敢说，我也没有资格去揣摩她的内心——一个永远都在等待的人的内心。

外婆从不以自己的丈夫是将军而觉得不凡，对她而言，她只是选择嫁给一个人，将自己一生都交给了那个选择。外婆永远都是温和的，她的眼眸中仿佛盛着一片平静澄澈的湖面，即便是看着风风光光却离她越来越远的外公，她也不曾失态。温和，不是不怨，只是习惯了等待。时光流淌得太过缓慢，她的岁月被耐心的等待塞得满满的。那些被封存在黑木箱子里的荣誉，她从未向子孙展示过，因为那些荣誉的背后，或许还折叠着她几十年孤寂的岁月。

"不当兵，这是我对子孙的私心。"

外婆温和的话穿过了几十年的光阴。或许这句话还有另一层意思："你什么时候回来？"

这一句，也许是她对外公未曾说出口的话吧。

一位记录者：李云璐

2020 年 3 月 4 日于安徽巢湖散兵镇

此心安处是吾乡

2019 级会计学专业本科生

1902 班　鲍秀爽

敬爱的这片土地：

　　您好！

　　蜿蜒曲折的山路，连绵不绝的丘陵，似乎很近，因为就在脚下，又似乎很远，到不了尽头。那里是您——位于湖北省麻城市的一个小山村。

　　从镇上出发，顺着一条新修的水泥路，青山绿水映入眼帘，清新空气扑面而来，虫鸣鸟啼悦耳动听。这里有着中国乡村鲜明的特色，前人之述备矣，笔者就不多言了。

　　那就说说您的不同之处吧！

　　这里有着世界最大的古杜鹃花群。"人间四月天，麻城看杜鹃。"一到农历四月，全国各地的游客纷至沓来，欣赏这十万亩的杜鹃花海。开花期，朵朵杜鹃含苞待放；盛花期，火红的花海令人叹为观止；尾花期，落花满地，红花瘦，不由得让人感叹时光飞逝，世事无常。山上有游客，就有挑夫。挑夫会把矿泉水和自家种的水果挑上山，无须吆喝，自会有气喘吁吁的游客来购买吃食。

　　我生于这里，长于这里。让我庆幸的是，这里少有愚昧封建的思想。所以，我一直没有被什么重男轻女和读书无用的思想影响。相反，我很喜欢这里淳朴的民风、和谐的邻里关系和干净的笑容。

我最喜欢的便是过年。年关将近，在外务工和求学的人都会陆陆续续地回家。平日里冷清的村落一下子变得热闹起来。当家的男人们会准备好过年的主要吃食——肉糕、鱼丸、肉丸、糍粑等。小时候我最喜欢的便是看叔叔们打糍粑。在一个石盆里，男人们借助几根木棍不停地翻揉蒸得香软的糯米，让米没了原来的形状。之后女人们会拿来簸箕和面粉，把糯米团放到簸箕上，揉扁、切块，糍粑便可以吃了。蒸煮烤炸，加入白砂糖，凡入口，皆香甜软糯。

过年前后，这里大多是晴天。村民们大都喜欢搬一张椅子，到温暖的阳光下吃早饭。往往是几家聚在一处，吃着，说着，笑着，到处洋溢着温暖与祥和。饭后，小朋友们可能骑着自己的小单车，到处呼朋引伴，把能玩的都玩个遍；女人们可能三三两两地去池塘边洗衣服，棒槌"梆梆梆"打在石头上，水溅到池塘里，激起一层层涟漪。正月里没有农活，大家无事可做就喜欢聚在一起打打麻将、玩玩扑克。一般也是把桌子椅子搬出来，沐浴着阳光，大嗓门地唠天（聊天）。

往前追溯，这里还是红色革命基地。多少先辈献身于抗日战争和抗美援朝战争中。是他们保卫了我们的家园，是他们书写了国家的大义，是他们为我们现在的美好生活奠定了基础。对于先烈的事迹，我可能并不一一知晓，但他们的精神，我们感受之，并将传承之！

我深爱的这片土地啊，这是家书，亦是我写给您的情书！情感之丰盈，非短短文字足以述矣！至此，墨毕。

鲍秀爽

2020 年 2 月 24 日黄昏于湖北麻城

海岛之光

2019 级财务管理（金融工程）专业本科生

1902 班 俞佳宁

光明卫士蒋海云：

您好！

谢谢您将东极岛当成了自己的第二个家！

歌曲《战士第二故乡》中有："云雾满山飘，海水绕海礁，人都说咱岛儿小，远离大陆在前哨……"这唱的便是位于我们祖国最东端的东极岛，它孤悬外海，气象复杂，"点灯靠油，通信靠吼"是岛上生活的真实写照。长期以来，电力不稳始终都是居民们的生活绕不开的难事。直到 2009 年，43 岁的您受命入岛任职东极供电服务站站长，才最终解决了这一问题。

透过浙江新闻记者的镜头，我得以了解到了您的感人事迹。一个倾注满腔热血和全部激情于海岛电力建设的光明卫士形象栩栩展现在眼前……

乘船去东极岛的第一天，大海就无情地给了您一个下马威。东极岛附近海域广阔，易成大风大浪，船只易成猛烈晃动之势，即使在海岛长大的您也忍不住晕船呕吐。此后，救生衣就成了您随身携带的工具包内必不可少的工具。

犹记得 2013 年 7 月，在台风即将席卷舟山之际，求助电话的铃声急促响起。镇政府的有关负责人告诉您，一批青浜岛的小渔船要赶回船厂躲避风浪，但起吊机电器损坏，急需抢修，不然渔民们赖以为生的小船就会被风浪无情吞噬。当时海上风力极大，所有船只都已停航，您却毅然跳上一艘小船，摇摆于汹涌波涛之中，前行于狂风巨浪之间。好不容易快到码头，又因浪头太猛，没法靠岸。您在猛烈摇摆的船上努力挣扎着站起来，凭多年海上航行的经验，趁浪头将船推向岸边时奋力跳了出去。没料到刚起跳，变化无常的浪头又把小船拍回海里，幸而岸上的渔民眼疾手快一把拽住了您，否则，您就可能丧命于大海。

您曾说过，如果要用一句经典的歌词表达积压在您内心深处很久的情感，那就是"说句心里话，我也想家"。纵然是坚忍不拔的汉子，每每想到家时也会热泪盈眶。您对家里人说就去东极待 3 年，结果几年过去了，您还留在岛上。家里的大事小事都由妻子一人扛，爸爸、岳父、岳母先后离世，更是让您背上沉沉愧疚的重压。

2013 年春节，省电力公司直接下达了强硬指示，要求您务必回家陪亲人过年，层层指示之下，您还是独自守着第二个家。您说，东极岛没有什么聊以解闷的娱乐活动，那么多官兵，还有那么多乡亲，每年大年三十就盼着与亲朋好友围坐在电视机前看看春晚。可如果这时供电出了点差错，怎么对得起那么多远离亲人的驻岛战士，怎么对得起东极岛的乡亲们？您将春节的欢乐由电网传进千家万户，却将漫漫长夜的寂寞留给了自己。

一晃十年有余，如今东极岛已经用上了稳定的大网电。但您没有就此止步，依然选择默默守护着东极岛电网，守护着海防前哨的一片光明。工作这些年来，您回家过年的年头屈指可数，您牢牢扎根在了这方小小天地，用自己的力量点起万家灯火。

东海无言，波光粼粼，您铿锵有力的声音不绝地回响。"这里需要我，我就留下来。"

　　我们这个时代，不仅需要能干出一番轰轰烈烈大事业的人物，更需要千千万万像您一样愿意坚守基层一线积极奉献的工作者。您立足岗位，心系社会，舍弃小家，成全大我，这样忠实无私的品格值得我们学习。作为后辈，我们必将发扬您的"光明卫士"精神，继续谱写壮丽的东海赞歌！

一名后生：俞佳宁

2020 年 3 月 4 日（15 点）于浙江舟山

待岁月静好
再叙天伦

2019 级工商管理专业
硕士研究生 粟 裕

亲爱的家人：

　　你们好！

　　转眼间 22 年已过，当时咿呀学语的我已经长成了一个小大人。我知道我们的日子是越过越好，但你们也在一天天变老。每当有过不去的坎时，那段小时候的记忆总是不由自主地蹦出来，感恩且也终生难忘。

　　我刚出生时，我们的家庭还不富裕，家里人都奋斗着，希望打拼出自己的一番天地。上小学前，父母在外营生，我便与爷爷奶奶一起生活。当时家里穷，对于贫困家庭来说，给孩子报学前班是奢侈的。但是对于受过高中教育的爷爷来说，他知道读书的重要性，知道知识的珍贵，也因此更重视我的启蒙教育。于是爷爷奶奶一边省着开销，一边给我攒钱。为了存钱上学前班，我们爷孙仨的饭桌上没有出现过荤菜，我也半年没有零食。因不懂其中的原因，为此我还哭哭闹闹。终于到了开学的日子，我意外地上了梦寐以求的学前班。我已经记不清当时是怎样的心情了，但是爷爷奶奶那满脸的皱纹和因暴晒而黝黑的脸上所绽开的笑容，至今仍让我记忆犹新。我上小学的时候，农村里还多是泥瓦房，我们家也不例外。奶奶和姥姥的子女特别多,小小的泥瓦房,便承载着我们一个大家族。拥挤的小房子里,除了农村惯有的烧火做饭的浓烟之外,下雨天房子漏水的滴答声也伴随了我的小学时光。

不知不觉,就到了我上初中的年纪。我还记得,初中的学校离我家特别远,爸爸每周骑着摩托车不畏严寒酷暑接我上下学。长沙冬天的寒风是刺骨的,也时常伴随着细雨。我躲在爸爸摩托车的后座上,紧紧抱着爸爸却还是一路哆嗦。而因送我去学校,爸爸衣服时常被雨淋湿,两颊也被寒风吹得皲裂、干红。寒冬里,我们父女经常会因早晨吹风而感冒发烧。现在回想起来,除了爸爸风吹雨打的陪伴之外,我更多体会到的是爸爸的艰辛和深沉的父爱。

经历了风吹雨打的三年后,我考上了长沙县的重点中学。高中岁月,大多都是奋斗的日子。我们全家都觉得考上大学是件很光荣的事情,而你们也将希望寄托于我这个新时代的高中生身上。可不,211大学的录取通知书也着实令你们乐了一回。如今,我已经考取了硕士研究生,我们全家仍在默默奋斗着。

2020年伊始,新冠肺炎疫情悄然蔓延全国。回顾自己与家人的成长史,以及国家的发展史,艰难总与发展并行,困苦总与斗志共进,一切终有春暖花开之时。而我们也将秉承上一代人的意志,继续奔赴前方。世殊事异,薪火不尽。

希望家人们好好照顾自己。人生如逆旅,从今天起,请你们将沉重的行囊卸下,交付于我。待岁月静好,再叙天伦!

谢谢你们!

粟裕

2020年3月5日(20点)于湖南长沙

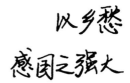

2018级会计学专业本科生

1802班　王安祺（中国香港）

我亲爱的祖国：

　　您好！

　　余光中老先生说过，乡愁是一张窄窄的船票。但于我而言，乡愁是一张薄薄的车票，我在这头，而我的母亲在那头。小时候，我和母亲分隔两地，母亲在香港工作，我在福建上学读书。每年过春节的那几天便是我一年中最快乐的日子，因为母亲会从香港回来与我团聚，还会带些新奇玩意儿给我，我可以安心地躺在母亲温暖的怀里听她细细描述香港的魅力，那时我不禁向往着那座城市。

　　之后每年暑假，家中其他长辈都会带着我一起到那令我向往的城市游玩。我还记得第一次去时，大巴摇摇晃晃，经过一天的颠簸，我攥着薄薄的车票吐得天昏地暗。早晨出发直至晚上才到香港见到自己心心念念的母亲。母亲带着我将这座具有神奇魅力的城市逛了个遍，我站在维多利亚港吹着徐徐海风，看对岸的高楼大厦，看灯光和星星一起闪耀着的夜空。我亲口品尝到咖喱鱼蛋和鸡蛋仔的美味，还有真的是由丝袜过滤制出的丝袜奶茶的丝滑。之后返回福建又是一天的车程，来回一趟除了浪费两天的时间还要忍受长途颠簸的头昏脑胀。小小的我苦恼地念叨着：要是车子能再快些，在路上耗费的时间更短些，我和母亲相聚的时间更长些，那该多好呀！

随着祖国科技的进步、经济的不断发展、综合国力的不断提高，我生活的城市高楼大厦逐渐林立，大小商场接踵而至，马路上的轿车越来越多，人民生活水平逐渐提高，我的愿望也一点一点地被实现。中学时，深圳有了通达福建与香港的高铁，我只需要乘坐四个小时左右的动车就可以到达深圳，但仍然需要再乘坐一个小时的地铁才能到达香港海关，总还是麻烦了些。平常上学时想母亲了，直接视频就可以见到母亲了，不再像以前那样卷着电话线听着声音，却见不到人。在我高考那年，国家克服跨海建桥施工等重重困难，历经千遍万遍的模拟测试，拥有六个世界之最的港珠澳大桥终于在 2018 年 2 月 6 日完工，10 月 24 日正式通车。此后，从广州到香港市区只要 3.5 小时的车程。同一年，香港西九龙站正式完工并开始运营，实现了一地两检，广州多条高铁直抵香港。香港和祖国母亲的联系更加紧密了。坚持走中国特色社会主义道路的中华民族已经崛起，人民正一步步实现心中的中国梦！是中国的富强使我们的生活越来越好，是我们强大的祖国纾解了我远离母亲的乡愁。

祝福您！我的祖国！

您的儿女：王安祺

2020 年 3 月 6 日（19 点）于福建泉州

人间至情是乡愁

2018 级财务管理（金融工程）专业本科生

1801 班　蒋兰心

每一位平凡岗位上的您：

见字如面。

"烽火连三月，家书抵万金。"从鸿雁传书到绿色邮差，从不远万里到触手可及，人们传递情谊的方式在变，但那一份血浓于水的亲情、那一份两肋插刀的侠骨和那一份魂牵梦萦的柔情一脉相承，千百年来被每一个平凡人演绎得淋漓尽致。

一说乡愁，多少人脑海中浮现的便是余光中先生的《乡愁》，这首经典诗篇被传颂至大江南北，无数游子都会吟出热泪。而当这首诗歌电光石火地蹿进我的脑海时，我的乡愁也即刻喷薄。

这还是中学时的两段回忆，一晃也是好多年了。第一次是在初二一次班会上和一位同学一起朗诵，那正是第一次拜读余先生的作品，我们是那么稚嫩清脆，那么装模作样，如今想来又那么难能可贵。都说"少年不识愁滋味，为赋新词强说愁"，曾经还想辩驳几句，现今已哑口无言。小时候，会渴求更多的时间和空间，会想要快快长大离家闯荡，最讨厌大人说"你还小，什么都不懂"。如今却是一年回一次家，看一眼少一眼，家和学校两头都是牵挂。朱自清先生所写的那月台背影常常使我泪湿眼底。中学六年里读寄宿的我每次临走，父母目送我时，车子徐徐开动，彼此都默契地把脸转向一边，不让对方觉察到那一丝脆弱与不舍。我印象颇为深刻的是一位表姐讲起她母亲送自己去大学那天的场景。母女两人平时都麻利干练，几乎没有表露过情感。但就在表姐把母亲送上回家的那趟火车后，两个人的眼泪断线般流下。车子开动，表姐硬是追出了几十米，真像当年依萍追赶书桓的那趟列车时那样撕心裂肺的痛。每个人都会经历慢慢走出家门的过程，龙女士早就告诉我们："不必追！"但当自己真正处于那个角色，又谈何容易。

如果说"懵懂不安"是初中的底色，那"独立觉醒"绝对是高中的浓墨重彩。高三一次作文课上，老师让我们暂时抛掉"任务驱动型作文"的枷锁，释放天性创作一篇抒情散文。同学们文思泉涌、妙笔生花，主题丰富。印象颇为深刻的当是一篇名为《有多少人愿意等待》。而我自己那篇就叫《乡愁》，其中当然引用了余先生诗歌中的片段，如今想来，又别有一番滋味。每每疲倦，多想找一个休憩的港湾，"昨夜闲潭梦落花，可怜春半不还家"。最可笑的是在高考前夕的冲刺阶段，我都还想着临阵脱逃躲回家去。

"古人云：'死生亦大矣。'岂不痛哉！"是啊，敬畏生命是人的本能，更是明智之举。只有敬畏生命，顺应生命，而后才可以设想改造生命。2003年"非典"、2008年地震灾害……生命从来都那么脆弱，但温暖的力量从四面八方涌来，每个人都不是孤军奋战。

今年这个特殊的年，突然暴发的新冠肺炎疫情更是一次大自然对生命和人性的考验。我很庆幸生于这样一个国家，有党中央高瞻远瞩的决策部署和大国担当，有主动请缨的白衣天使，有临危受命的科研团队，更有每一位最可爱的外卖小哥、餐饮老板和农民伯伯……"有一分热，发一分光，不必等候炬火。"

生长过的土地，就叫作家。多少童年的梦、青春的诗、感人的泪汇集在这里。曾经是足球场上挥汗如雨的少年，曾经是三年寒窗只为中华崛起的少年，曾经是生龙活虎未有远虑的少年。心爱的人在的地方，就叫作家。今日是女赴武汉父赠诗的你，今日是自律隔离为大我的你，今日是相会于中华腾飞世界的我们！

这封"家书"，正是写给所有"不是家人胜似家人的全天下有温度的人"的一封"情书"。

你的朋友：兰心

2020 年 2 月 7 日（22 点）于四川华蓥山下

石以研寿
化纯为利

2018级会计学专业本科生
1805班 张 盈

亲爱的祖国母亲：

您好！

习近平总书记曾说："贫困之冰，非一日之寒；破冰之功，非一春之暖。"

2019年7月，我和一群志同道合的朋友在湖南娄底支教，我们拖着行李箱，走过一段蜿蜒的山路，气喘吁吁地看着藏在山脉中的学校，看着这像古代隐士高人与其弟子生活的地方。这样一个安静的教学环境也是很多生活在大城市的孩子感受不到的。村支书和校长都很热情，请我们吃饭，为我们准备住宿事宜。简单收拾后，我们就开始了报名工作。通过学校留校老师在微信群的宣传，许多家长都带着孩子积极地赶往学校报名。我坐在教学楼门口，看着佝偻的老人牵着孙子慢慢走来，看着三五成群的小孩结队喧闹着走来，看着父母带着自己的小孩甚至隔壁村好友的孩子走来，一时间，报名点就被围得水泄不通。有的家长不识字，有的家长方言很浓，有的家长甚至记不住自己的电话号码。这都是过去的贫困生活留给他们的烙印。我不禁鼻子一酸，他们年少时若能接受较好的教育，如今也应该是意气风发、立志报国的人才。现在他们因养家糊口，梦想也在筋疲力尽的谋生中慢慢磨灭。看着这些家长的样子，又看着孩子们纯真的脸庞，我不禁害怕，这些可怜的孩子会不会重蹈覆辙。然而这些担忧在我的支教生活中慢慢地消失了……

首先令我大吃一惊的是孩子们的学习环境，从外表看，学校平平无奇。但进入教室之后，我发现每个教室都配备有高级的多媒体设备，这些设备给了老师教学极大的施展空间，也让学生可以方便地了解外面的世界。一瞬间，我就想起了国家的精准扶贫、扶贫扶志政策。可见，国家并不是在单纯地喊口号，而是在认真细致地改善这些贫困地区的教育问题，我心头不禁一暖。不久留校老师拉我们进了一个用于采购物资的微信群。因为村子藏在大山里，平时村民采购生活用品十分不方便，后来村支书为了解决这个问题，积极联系一些电商平台，村民只需在手机上下单，第二天早上山下的配送人员就会把采购的物品送到家门口。平台的便利及物美价廉，远远超过我家所在的小城市。我相信国家和政府在这背后一定给予了一定的财政补贴。以致后来我们回到自己家，队员都相互打趣，纷纷想念起村里的微信采购群来。

从村里焕然一新的房子和健身设施，到不亚于城市学校的教学设施，再到实惠、方便的微信采购群……村民们虽然仍需要辛苦谋生，却不再愁容满面。他们知道，身后有国家在，不论生活是否辛劳不易，国家永远在背后默默地予以帮助。最让我钦佩的便是国家对于贫困地区教育的重视程度。要知道贫困最残酷的地方不仅仅是食不果腹，老无所养，更是对年轻梦想的残酷抹杀。

如今，脱贫攻坚战役到了最后的阶段，我相信在所有人的共同努力下，我们一定能取得这次战役的胜利，我们会遇见更美好的新农村。

敬祝

伟大的祖国繁荣昌盛！人民生活幸福美满！

张盈

2020 年 2 月 28 日于山西汾阳

渐行渐远的
家乡记忆

2018级工商管理专业本科生

1802班　韩　硕

亲爱的故乡：

　　您好！

　　有这样一个故事，我想从头说起：

　　小时候，家里面没有什么代步工具，只有父亲上下班的一辆自行车，印象中是灰白色凤凰牌的、有些破旧的一辆车。

　　那时，我能到达最远的地方，就是坐在自行车后面父亲带我去到的地方。那时的我跨坐在自行车后座上，左看看、右看看，走过吆喝不绝的菜市场，走过落叶满地的小学路，走过颠颠簸簸的小吃街，眼中的行人好多，汽车好少。

　　后来，那辆车在一个风雨交加的夜晚被偷走了，我还记得那时的父亲看着空荡荡的车棚，落寞又难过的样子。

　　旧的不去新的不来，不久后家里迎来了一辆崭新的电动车。在此之后的很多年里，它一直是家里的"宝马良驹"，马力足、不用蹬。只是偶尔我坐在后座上，松动的鞋带会被卷进车轮里，一个不留神就把我的脚拧了，疼得要命。

　　坐在电动车后的那段时间，我在路上见到了更多的电动车，在红绿灯前常能等两三排，其中也有好多小孩坐在大人身后，我还对他们吐过舌头。那时候每家每户最多拥有一辆电动车，但父母都有同时出去的时候。一个人骑电动车走了，另一个往往就坐需乘载客的三轮车。印象中那种红色的载客三轮车几乎遍布了大街小巷，两三块钱就可以搭乘好远好远，晃晃悠悠中，人们就达到了目的地。

2012年后，汽车的引擎声已开始响遍每处街道。那时的我已开始骑着自己的自行车上下学，堵车成了眼中的日常。在学校和家两点一线的道路上，我没有时间仔细观察太多变化，忽然有一天发现街上再也没了载客的三轮车，反而多了好几路没见过的公交。

2015年之后的大部分行程，我都是蜷坐在一个个会移动的"箱子"中来来去去的。城市里的"箱子"很小，城市间的"箱子"很大。当我对返乡开始更多用"回"这个字形容时，家乡眨眼之间已发生了天翻地覆的变化。

2020年初春的今天，我在怀念坐在父亲自行车后的日子。那时的路面颠簸多于平坦，没有车辆的川流不息，更多的是人群的熙熙攘攘，当年的我爬上车还要费些心思……那段关于家乡的记忆渐行渐远。现在的许多孩子出生便已家有汽车，恐怕他们理解不了坐在单车后座的快乐。而我觉得无比幸运，幸运能亲睹家乡的变化，幸运能亲历一段段渐行渐远但满是期望的年岁。

韩硕

2020年2月5日（22点）于河南商丘

大爱无疆
共渡难关

2019级工商管理学院

博士生留学生　王碧佳（泰国）

我的第二个家乡：

　　您好！

　　我是湖南大学工商管理学院的一名泰国留学生。一场新冠肺炎疫情的到来让欢度新春的中国人民猝不及防，很多地方都出现了感染病毒的人。很多人失去了生命，很多家庭支离破碎，不少海外媒体看衰中国的疫情防控。但是突如其来的苦难没有打倒伟大的中国，在党和政府的号召下，人民全力配合疫情防控工作，团结一心，共渡难关，仅用近一个月的时间便基本控制住了疫情，让世界看到了中国人民的强大。用我在中国学到的一段先秦诗歌来形容，就是：

　　岂曰无衣？与子同袍。王于兴师，修我戈矛。与子同仇！

　　岂曰无衣？与子同泽。王于兴师，修我矛戟。与子偕作！

　　岂曰无衣？与子同裳。王于兴师，修我甲兵。与子偕行！

　　在这次没有硝烟的战斗中，中国人团结一心，令世界敬佩。而逆行的白衣天使们成为获取这场胜利至关重要的力量，没有他们的牺牲和付出就不可能有今日的局面，他们是真正的天使。我们每天都会在微信群里看到大家分享的感人故事，故事中他们的牺牲与付出深深感染了我们。作为留学生，我们得到过太多关心与关爱，如今，有着很多很多的话想对中国人民，尤其是在抗疫前线的医护人员及志愿者们诉说。在这里我收录了一些来自他们的感慨和祝福：

我叫孟楠，来自老挝。作为一个湖南大学的留学生，我为武汉人民和全中国人民加油，也为在武汉执行任务的所有志愿者、医生和护士们加油。为了对抗疫情，你们离开了家，离开了恋人，为了人民的健康生活，你们付出很多，你们是国家的真英雄。"等冰雪融化了，我们一起去武汉看樱花！"是我最喜欢的一句话，也包含着我的祝福。祝你们安全、健康、顺利，希望疫情早日过去。中国加油！武汉加油！爱你中国！Love is borderless, we will pass this together, cheer you up Wuhan, small heart from Laos（大爱无疆，我们共同度过，武汉加油，来自老挝的比心）。

——2017 级工商管理硕士　　孟　楠（老挝）

护士和志愿者们：为了让中国的未来更加光明，你们心怀赤诚，八方驰援，不避险，不畏难，不眠不休坚守一线，帮助千千万万同胞，帮助中国控制住了严峻的疫情。山川异域，风月同天，作为在中国求学的留学生，我和中国人民在一起！我们相信倾尽全力后，一切都会好起来的！感谢你们的努力，愿中国早日战胜疫情！

——2019 级工商管理硕士　　Landry Lekeuf（喀麦隆）

伟大的医务人员，非常感谢你们的付出与牺牲！正如大家所知，新冠病毒如一个狡猾的敌人肆虐着世界，但我们不害怕。因为有你们和大家团结一致，共面困难，这让我充满了信心，相信中国会早日战胜这场疫情。我们与你们同在！我们都会变得更加强大！

——2019 级工商管理硕士　　Ouambita Christian（中非共和国）

我们正处在一个非常艰难的时刻。每一天都有人甚至失去生命。但是在过去一个月的每一天里，太多的故事向我们展示了在各战"疫"一线的你们的坚强与勇敢。谢谢你们为生活在这个国家里，包括我在内的所有的人所做的一切。你们竭尽所能，牺牲自我，站在了疫情的第一线。你们无愧于白衣天使的称号，我为你们而骄傲，我为你们一直祈祷。疫情的阴霾终将散去，春天即将到来。春暖花开的时候就要来临！

——2018级工商管理硕士　Yaf Gueye（塞内加尔）

在这么艰难的时刻，感谢抗疫一线的英雄们的辛勤工作和无私奉献。中国人民是幸福的，因为有你们这样的人挺身而出，在疫情前线无私地为他人服务。希望这场疫情尽快结束，每一个遭受病毒侵害的人都能被治愈。你们的英雄主义是全世界人民的榜样。让我们与你们一起用行动振奋人心，点燃爱和希望，共同抗疫，传播正能量，等待春暖花开。让我们一起致敬所有前线医护人员。防护疫情我们在一起！中国加油！

——2018级工商管理硕士　Abe Alexander Ayodeji（尼日利亚）

我知道每一位医护工作者都面临一个巨大的挑战，疫情之初，我们对这种新冠病毒还处于一个不断认知的过程。但是你们持科学的态度，尽力帮助着每一个人，勇敢地站在病毒的面前与之抗争。你们绝不是孤单的！世界人民与你们站在一起，我们共渡难关，一起战胜病毒。我们非常感谢你们到目前为止所做的一切，我们希望你们能顺利拯救所有被感染的人。我们为你们祈祷，为中国祈祷！

——2018级工商管理硕士　Chhenglin（柬埔寨）

钟南山院士是中国最伟大的人之一，他在中国两次疫情战役中都扮演了重要的角色，用中国的古诗词来说：老骥伏枥，志在千里！相信在他和全国医务工作者的共同努力下，中国能够早日战胜疫情，大家能走出家门，相拥而庆！中国加油，武汉加油！

——2018 级工商管理硕士　李大象（老挝）

我感谢奋战在一线的你们，请你们务必保护好自己！希望疫情早日结束，你们可以回家休息。此时此刻，在一线救死扶伤、迎难而上的医护工作者都是伟大的英雄。希望你们身体健康，永远开心快乐。加油！

——2018 级工商管理硕士　宋　畅（老挝）

你们挟一往无前之志，具百折不回之气，你们是我内心深处的榜样！一段段你们奋战在前线的视频在网上流传，你们为结束疫情而不断努力。你们的决心被全世界人民见证。敌人是新冠病毒，战斗是为了拉回它想要掳走的生命。不管如何，我们终将胜利。你们中的一些人虽然永远地离开了我们，但我们将永远铭记他们。他们是伟大的英灵，所有的英雄行为将被永刻史书。保佑中国早日战胜疫情！

——2018 级工商管理硕士　Joseph Kayode（尼日利亚）

对于义无反顾投身到疫情抗争中的你们，我想表达我的感激之情。你们身着白衣，心有锦缎；你们牺牲了与亲人、爱人共度美好时光的日子，心忧天下，只为了抢救更多的病患。医生一词赋予了你们神圣的使命，你们无愧于这个职业，你们为成千上万的人减轻痛苦，给他们送去治愈疾病的希望。因为你们的努力患者们逐渐摆脱病毒的困扰。人间没有永恒的夜晚，世界没有永恒的冬天，你们的付出将融化冰雪，让人们看到了春日到来的希望。感谢你们为中国乃至全世界的疫情所做的一切努力！

——2018 级工商管理博士　Modou TOP（塞内加尔）

在这场突如其来的新冠肺炎疫情中，中国人民的团结一致，政府与人民一起共战疫情的信心，都让我印象无比深刻。我非常佩服在对抗新冠肺炎疫情上中国政府高效的资源整合能力，非常赞赏中国政府应对疫情所做出的迅速反应能力与强大的组织能力。还有大量的医护人员冒着危险前往疫情最严重的地区，与疫情进行面对面的斗争。优秀的心，不必华丽，但必须坚固！他们最令人钦佩。同时每一位中国人都加入与可怕病毒作斗争的队伍中。所有人的坚强勇敢都感染着我，胜利的天平明显倾向了伟大的中国人民。我为我是中国的留学生而感到自豪！希望这个充满爱的民族尽快渡过难关，胜利就在眼前！另外我非常感谢湖南大学工商管理学院对我们留学生的关心和支持。武汉加油，中国加油！

——2018级工商管理本科生　莫　迪（也门）

有的人说命运不可逆，疫情就是人类历史长河中注定的一劫。可我不相信掌纹命理，只相信十指握成的拳头能凝聚的力量。没有一个冬天不能逾越，没有一个春天不会来临。我永远支持中国！因为这是美丽的国度，因为这里也是我们的家。可爱的医护人员和志愿者们，因为你们的奉献，我看到了战胜疫情的曙光。我们会为中国的疫情而不断祈祷，坚定地站在你们的身边！中国加油！

——2019级工商管理本科生　Wendy（博茨瓦纳）

我们都知道，这是一个艰难的时刻。在这个伟大的国家，在这个被我们称作第二家乡的地方，一场可怕的新冠病毒侵袭了所有欢庆佳节的人们。但纵有疾风起，人生不言弃！我们在国家的领导下，必然能击退疫情。我会在几十年后与自己的儿女们自豪地讲述那时的中国是如何在与新冠肺炎疫情的防控线中赢得胜利的。我把祝福献给武汉，献给我亲爱的学校以及伟大的中华人民共和国。中国加油！

　　　　　　——2018级工商管理硕士生　Nabil Bello（尼日利亚）

　　我是来自湖南大学工商管理学院的留学生，我每天都在关注疫情的变化。我希望武汉和中国能够变得更好，所有美好的愿望都会实现。没有任何力量可以阻止中国战胜疫情，我们因为中国的努力而变得更加勇敢，更加自信。这里一个个令人感动的故事，都让我更加坚信，不管今后面对何种苦难，我们都将一往无前，无所畏惧。中国人民的优秀传统美德与高尚品质是这个世界所需要的！我坚定地和你们站在一起，支持你们！我对你们的爱是真实的，永远的！中国加油！祝抗疫早日取得胜利！

　　　　——2018级工商管理专业本科生　Rabiatu 冉心怡（塞拉利昂）

　　听老师们说，武汉是一座英雄的城市。它经历了很多的风雨却依然屹立不倒，这次相信也不会例外。最困难之时，就是离成功不远之日！我希望湖北以及其他省份早日攻克新冠病毒。武汉加油！中国加油！等到来年春暖花开，冰雪融化，我们就去武汉看樱花。

　　　　　　　——2019级工商管理本科生　陈大勇（越南）

　　新闻中有一句话：病毒需要隔离，但爱不会被隔离！我们相信中国能战胜这次疫情，我们永远与中国人民站在一起。疫情也许让人们遍体鳞伤，但是受伤处最终定会变成我们最强壮的地方！虽然我身在越南，但是我希望我的祝福能送给每一个中国人！武汉加油！长沙加油！中国加油！

　　　　　　——2019级工商管理硕士生　陈氏金蝶（越南）

　　除了这些同学，还有许许多多来自湖南大学工商管理学院的留学生想表达自己对中国的祝福。他们如同我一样在这里感受了太多的爱和支持。我见证了中国的强大团结，见证了中国速度所创造的奇迹，见证了疫情之下每一个人的坚强和意志。黎明的曙光，会成为翻越一切艰难险阻的力量。期待春暖花开时刻，我能够见到同学们温暖的笑脸！作为这个伟大国家的留学生，我有个心愿，愿早日春和景明，阳光明媚，相爱的人能够尽情相拥，大家重新欢聚在校园里。也愿我们留学生为了自己的梦想而努力，学习更多的知识，走上人生的巅峰，最终成为湖南大学工商管理学院的骄傲！

　　谢谢你们！

2019 级工商管理专业博士研究生：王碧佳

2020 年 3 月 8 日（21 点）于泰国曼谷

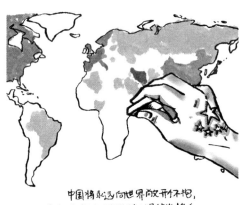

中国将永远向世界敞开怀抱，将尽己所能向困难的人们伸出援手。
——习近平

Menschen aus China und Deutschland sind eine Familie, wir bekämpfen Covid-19 gemeinsam!

中德人民是一家，我们共同抗疫

Germany （德国）

Henri Müller

Insanlik bununda üstesinden gelecektir. Biraz daha sabir!

人类终将战胜这次疾病，只是需要更多的耐心

Turkey （土尔其）

Samet Yilmaz

بنا، مجتمع مستقبل مشترك للعالم سوﯾا...

سلطان بن برجس

سعودﯾه

共建世界命运共同体，我们一起战斗

Saudi Arabia （沙特阿拉伯）

Sultan Barjas

ড়ে মতো এই জগৎ পরিবার ভরনাত
সিবাস আমরা সুরক্ষা বিজয়

全世界都是一家人，我们将共同战胜疫情

孟加拉 晶晶

Saling bergandeng tangan dan terus berdoa

untuk membuat dunia kembali tersenyum lagi

手牵手和一直祈祷 让世界能再笑

飓 娇娇

ປະເທດລາວແລະປະເທດຈີນ ໃຈຕິດຕາມກັນ

老挝人民和中国人民心连心

老挝 林凤凰

232

Thế giới đồng tâm, vượt qua khó khăn

世界同心，渡过难关

越南　阮春氏忠

ປະເທດລາວ ແລະ ປະເທດຈີນ ຈະເປັນເພື່ອນກັນຕະຫລອດໄປ♥

中老友谊天长地久♥

老挝　艾丽雅

Баарыбыз биримдикте,
    кыйынчылыкты жеңебиз.

齐心协力，共渡难关

吉尔吉斯斯坦　王勋尧

我的青春 我的信

To：

Special Year 💚 Letter of Youth

Special Year ♥ Letter of Youth

Special Year ♡ Letter of Youth

后 记

每年寒暑假，全体工管学子不仅会热火朝天地进行社会调研和实习实践，还会参加学校和学院组织的各式各样的假期主题教育活动。2020年寒假，为传承岳麓书院千年文脉的使命，彰显工管人"知行合一、正道致远"的担当与"博文约礼、致知载物"的情怀，展现工管学子最真挚的情感，我们发出了"爱这场青春，爱我的祖国"的号召，并开展了一次"工管家书"主题活动。

在这个平凡的寒假，我们的节奏因新冠肺炎疫情的暴发而被打乱。虽然学子们无法进行社会调研和实习实践，但是"工管家书"活动却获得了同学们的热情参与。

活动一经发布，不到一个月的时间便收上来三百四十余封家书，其中不乏港澳台同学写下的深情厚谊，更有不少留学生用他们的热情和真诚描述了他们在疫情背景下的所见所闻、所思所感。这些作品里有喜有泪、有故事有情感、有小我亦有大我，那些浓浓的家国情、亲友情和对抗疫者的敬意让评审的老师们都为之深深感动。在这个特殊的年里，同学们用另一种方式表达着自己的真情实感，抒发着自己的家国情怀，在一字一句、纸短情长的书信中书写了当代大学生的使命与担当。

最终，我们评选出了一、二、三等奖，并决定从中精选出 91 封家书结集出版。这个振奋人心的决定让师生们意外惊喜，并第一时间展开了紧锣密鼓、热火朝天的整理及编辑工作。与此同时，为了让作品的呈现更具青春气息，学生会还临时组织了一次以"特殊的年 青春的信"为主题的插画大赛，得到了同学们的踊跃支持。最后，我们请在此次插画大赛中有突出表现的吴雨遥同学对本书进行插画设计，并请邱适同学手写本书书名及篇名，几经讨论修改，最后呈现出我们构想的青春、家国、抗疫等元素。这本书凝聚了学院师生们共同的心血和努力，它不仅保留了活动的成果，也让同学们的这份真情实感、家国情怀和抱负担当定格在 2020 年这个特殊的年里，更留在历史岁月的长河里。这是一份特殊的开学礼物，更是一份青春的纪念。

在《特殊的年 青春的信》出版之际，我们要感谢的人很多。感谢湖南大学宣传部的老师们给予的帮助和大力支持，为我们出版工作的开展提供了专业的思路；感谢湖南大学出版社的编辑老师们提出的宝贵意见，他们的精准建议让这本书更具生命力；感谢工商管理学院的领导的大力支持，以及师生们不断创作、修改，为完善作品所付出的努力……这一路走来，留下的是同心协力，是同甘共苦，更是一份在这个特殊的年里写下的属于我们充满力量的青春礼物！

编　者

2020 年 3 月